NEW MOBILE REPORT GUNDAM W Frozen Teardrop

新機動戰記鋼彈W

冰 結 的 淚 滴

7 寂寥的狂想曲（上）

隅沢克之

封面 あさぎ桜・KATOKI HAJIME 原案 矢立肇・富野由悠季

登 場 人 物

Character

希洛・唯

維持著少年的模樣，從人工冬眠用冷凍艙中甦醒。身負殺死莉莉娜的使命。

麥斯威爾神父

迪歐・麥斯威爾。與希爾妲結婚又離婚，剪掉了原本的長辮子，稱自己是神父。

迪歐・麥斯威爾

麥斯威爾神父的兒子。幼年期在希爾妲經營的休拜卡教會兼孤兒院中度過。

T博士

特洛瓦・巴頓。有著具特色的長瀏海，是個不太表露情緒的學者型男子。

特洛瓦・弗伯斯

在遭到軍方及恐怖分子追殺時，受到T博士收留而成了鋼彈駕駛員。

W教授

卡特爾・拉巴伯・溫拿。有著一對綠眼，外表看起來仍像個青年似的銀髮紳士。

卡特莉奴・伍德・溫拿

W教授年紀相差懸殊的妹妹，擅長拉小提琴，操縱機體時就像是在演奏音樂般。

張老師

張五飛。擔任地球圈統一國家祕密情報部「預防者」的火星分局長，同時也是凱西的長官。

莉莉娜・匹斯克拉福特

第二屆火星聯邦總統。藉由人工冬眠而維持少女模樣。「完全和平程序P・P・P」的關鍵是殺死莉莉娜。

昔蘭尼之風

米利亞爾特・匹斯克拉福特。莉莉娜的兄長，妻子是諾茵。駕駛機體「天堂托爾吉斯」。

米爾・匹斯克拉福特

昔蘭尼之風與諾茵的兒子，是個黑髮而文靜的少年。擅長吹奏笛子。

娜伊娜・匹斯克拉福特

米爾的雙胞胎姊姊，有著美麗的金色長髮和聰明的頭腦。

前 情 提 要

Summary

卡特莉奴為了能夠實現莉莉娜的完全和平主義而投靠火星聯邦軍，從T博士一行人處帶走了「普羅米修斯」。費盡心力逃過希洛、迪歐、弗伯斯追擊的卡特莉奴，最後和娜伊娜、米爾會合。前往埃律西昂島的卡特莉奴一行人接著再次對上迪歐的「魔法師」。娜伊娜派出了火星聯邦軍第909特殊獨立戰隊，而卡特莉奴則以「普羅米修斯」迎擊。面對此狀況，W教授藉由「白雪公主」的攻擊，引發「普羅米修斯」運作失靈，接著弗伯斯駕駛的「舍赫拉查德」更將卡特莉奴逼到絕境。但此時，米爾的電腦破壞行動成功，完全掌握了T博士等人乘坐的潛水航母。T博士決定自爆卻遭到希洛制止。為了接近莉莉娜，他們決定束手就縛——

新機動戰記鋼彈W 冰結的淚滴

NEW MOBILE REPORT GUNDAM W Frozen Teardrop

隅沢克之

7 寂寥的狂想曲（上）

Kadokawa Fantastic Novels

封面插畫／あさぎ桜、KATOKI HAJIME
插畫／あさぎ桜、MORUGA
日版裝訂／KATOKI HAJIME

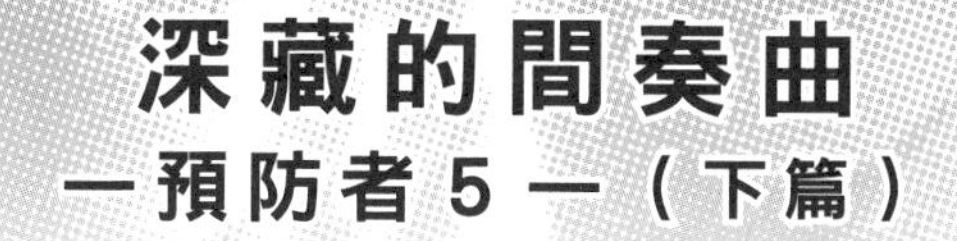

深藏的間奏曲

—預防者5—（下篇）

「現在若不動身阻止情勢發展，將會再度需要和我們一樣的士兵。」

＊

「一旦如此，稱作『悲劇』的歷史將永無止境。」

＊

「我們到底還要再殺多少人？」

＊

「我到底還要殺那孩子和那隻小狗幾次？」

——AC-196 DECEMBER 27 Re-Entry——

Heero Yuy

AC-197 April 09

山克王國　上空　VTOL垂直升降機——06：47PM——

離「次代政府」提出的期限還有五個鐘頭。

預防者的VTOL垂直升降機已朝山克王國的山地出發。

操縱者莎莉．鮑為避免闖入山克王的索敵探查網，小心謹慎地維持在高空大迂迴前進。

另一方面，則向山克王城內唯一打開的通訊頻道進行呼叫。

「這裡是預防者渥特……次代政府請回答。」

有位頭戴太陽眼鏡，包著圍巾的男子馬上現身回應：

『準備好贖金了嗎？』

從其背後景象看來，是位在山克王城的大廳內。

「是的，是用鈍金的金塊……但是要分十次運送……可以嗎？」

『還真是麻煩啊……』

「因為金額龐大，還請見諒……還是你們可以等到全部湊齊？我們這邊可是誠意十足。」

『什麼意思？』

「你們仔細想想……這樣你們不僅可以慢慢檢查金塊的真假，又比直接交手還要安全，不是很好嗎？」

『哼，要是敢動什麼手腳，我們的核彈——』

莎莉立刻打斷對方的話：

「這點我們很清楚！一到晚上七點，我們就會空投第一筆贖金！然後每三十分鐘會再空投一次，並在期限內全數交出……啊，還有這段時間內，如果有噴射機靠近，也請千萬不要擊落！有聽到嗎？」

男子語帶不滿地接受了。

『……聽到了。』

「公開預防者的事，就等你們放出人質並確認人員平安之後！通訊完畢！」

若是正常的交涉，是不可能由己方中斷無線通訊。

一般而言，會盡可能拖延對談，以探聽出恐怖分子的資訊。

「不過我們可是很忙的呀。」

實際上存放到貨櫃中的純金金塊，只有溫拿家準備的兩櫃，還有地球圈統一國家政府準備的一櫃而已。

分成十次只是個幌子。

但是這樣一來，就最少有三次機會可以靠近山克王城的上空。

四位預防者成員正在莎莉的背後，全心準備武裝。

他們預定以兩人一組（Two Man Cell）的形式，在第一次和第二次的低空飛行時降落。

現場沒有希洛・唯。

他已經以坎沙出動。

「回顧歷史，高揭和平的軍事組織是最危險的。」

完成準備的卡特爾．拉巴伯．溫拿開始以地球圈統一聯合軍為例說明：

「聯合軍總以『正義和平』的名義開戰，其實根本不存在開戰的對象，然而他們不動聲色地為求組織存續而開發兵器，不厭其煩地捏造叛亂，將山克王國及殖民地當作敵人。」

「那是因為他們腐敗吧？」

迪歐．麥斯威爾盤查著類似拐杖的降落用簡易噴射裝置，直接地說出感想。

「那麼我問你，你可以肯定日後預防者不會腐敗嗎？你如何能斷定絕對不會失控呢？」

卡特爾的話有著自身深切的體驗。

「好在沒有與預防者相對抗的勢力。若本身也是小型的組織，可以相互監視牽制，若一旦組織變大，初期目的和揭示的理想就會遭到遺忘，而墮落為企圖逼迫弱勢的軍事組織。」

「哼……只要我還活著，就不容許腐敗或墮落。」

預防者的正式成員張五飛插話打斷卡特爾的話。

他堅持「無須準備金錢」的立場，不滿溫拿家準備的純金金塊。

迪歐從五飛所說的話，了解到卡特爾的意圖。

即便是五飛，也不會是「絕對的正義」。在一個混沌的時代裡，是無法「伸張正義」的。

這點在瑪莉梅亞軍的起事已經得到證明。

抱著不滿情緒的五飛，或許是故意選在這時候才表現出來。

在他那頑強的面孔底下，正潛藏著混雜自虐、自惕及贖罪心情的內心。

卡特爾面露苦色，接著說：

「可惜，人類具有可悲的利己習性。在宇宙開發時期，這種習性尚能妥善發揮作用，然而一旦發覺戰爭及和平可賺得利益時，各種營利團體想必將會如同烏合之眾般群聚。到了此時，或許就會出現第二、第三個聯合軍，而其內部則會出現新的ＯＺ。」

「可是，也用不著隱瞞吧？」

迪歐說道。

「預防者是在做好事吧？那為何不堂堂正正行事呢？」

「真服了你，還是這麼單純……」

特洛瓦．巴頓正檢查外部氣壓，並側目對著反問一聲「啊？」的迪歐嗤聲一笑。

「你忘了那段鋼彈是『反叛者象徵』的時代嗎？」

迪歐因此露出了苦澀的表情。

鋼彈在過去曾一度被當作政治宣傳手段。

AC195年的初期戰鬥時期，「OZ」藉由狡猾的戰略手段，成功將五架鋼彈拉到舞台上。

這次也可能是採用同樣的手法。

對方要求將預防者公諸於世，很可能就是抱著如此意圖。

（嘖，讓我想起討厭的回憶……）

將夥伴死神鋼彈公開銷毀的不是別人，正是眼前的特洛瓦。

即使是後來得到地獄死神鋼彈，回到殖民地過著隱姓埋名的生活時，仍有人想要將迪歐抬舉成殖民地的革命鬥士。

前去勸說迪歐的是需要鋼彈當作主力的白色獠牙。

（確實，那時候要是能再交涉得妥當些，也許會更好也說不定。）

當然，迪歐拒絕了。

——要是你去了白色獠牙，就成了英雄呢。

當時在他身邊的希爾妲曾這麼表示。

「我對這種事沒興趣啦……我當個死神就夠了。」

這不是迪歐的場面話，而是發自內心的想法。

就算會是場孤獨慘烈的戰役，迪歐也義無反顧。

通常一旦站到舞台上，事情的發展幾乎都會超乎本人所想。

為了避免如此，無論對方是時下大勢或是龐大組織，這幾位前鋼彈駕駛員都不會加入，而是堅持各自獨立作戰。

話雖如此，他們依然不斷因為他人的原因而奔波或遭到利用。

這就是他們的AC195年。

所以他們才會著手在隔年將自己的鋼彈送往太陽銷毀，而該年則是自行引爆機體。

世上不需要鋼彈。

預防者也不需要現形。

這樣的見解是在場人員一致的想法。

幾分鐘之後，也就是在下午七點準點的第一次贖金貨櫃拋投前，卡特和特洛瓦先一步降落——

山克王國灣　海底——07：11PM——

機體型號OZ-08MMS——水中戰鬥用MS「坎沙」正偵測著複雜的海底地

形，並順著滿潮時的快速海流前往山克王城旁的海岸。

駕駛者的名字是希洛·唯。

他交付給自己的任務，就是救出莉莉娜·德利安，以及解除安裝在山克王城內的核彈引爆裝置。

目前的希洛之所以是預防者中最優秀的人員，就在於他身負著縱使數度失敗，也絕不會喪失自身榮譽，並再接再力的堅強意志力。

其他成員均認同他是個能隨時保持無比冷靜判斷力與集中力，並無懼失誤而不斷果敢進攻的人。

潛航在山克王國灣的坎沙，並沒有走入勒拿湖的支流河川，而是朝向位於西北方的峭立海岬方向前進。

在該海岬的海底，有一條通往山克王城下水道的狹長水中隧道入口。

陳舊的歷史紀錄中，就記載著AC145年夏季，叛亂軍士兵曾穿過此水中隧道挾持匹斯克拉福特王室當作人質的事蹟。

＊

幾十分鐘之前，希洛在豪華客輪的預防者作戰指揮室內，聽完參謀身分的卡特爾所說的目前狀況後，還察看了水中隧道的舊地圖。

「希洛，要請你穿過這條隧道，潛入山克王城內。」

「……知道了。」

「我們也會各自從不同方面潛入。因為行動的開始時機相當不確定，一到預定時間，也要請你將通訊頻道維持在開啟狀態。」

接著卡特爾就一派輕鬆地詳細說明了行動的內容。

看來對希洛是抱持了無比的信心。

至於希洛的情緒也是處之泰然，該回答時才會回答。

卡特爾一結束指示，便眼神嚴肅但柔聲說：

「不過，還是請你千萬不要衝動。」

希洛不改冰冷的眼神，理所當然似地回應：

「……任務了解。」

只說了這麼一句不帶情感的話，他便往海中出發。

＊

希洛駕駛的坎沙到達目標海岬。

海底壁面上並沒有隧道的入口。

這樣的情況是在預料之中。

或許是歷經了五十年以上的時間，沉積在海底的各種生物殘骸及沙石，將入口處堵了起來。

而且此海域在山克王國的興亡史中，曾數度發生大規模的海戰，自然不可能沒有影響到。

這類戰役若要舉例而言，近代具代表的就是發生在ＡＣ１９５年秋季的次代鋼彈和飛翼鋼彈零式的戰鬥了。

希洛看著副螢幕上的海圖，回想起當年自己在這海岬上戰鬥的情景。

當時的交戰對手是莉莉娜的兄長：米利亞爾特．匹斯克拉福特。

雙方展開了史上首見的ＺＥＲＯ系統對戰，結果並沒有分出勝負，還發生了互相交換機體這等令人難以置信的情事。

希洛直到最後都無法習慣那時所駕駛的次代鋼彈的ＺＥＲＯ系統。

「……是那個海岬啊……」

他如此呢喃，心中則是浮現了沙漏。

那是一幅有著底端中空的玻璃容器，銀色細沙向著空虛的黑暗流洩而下，消失無蹤的光景。

看起來就像是飄浮在深邃黑暗海溝之中的浮游生物，又像是往漆黑的宇宙空間四散飛去的無數星塵一般。

留在記憶中的畫面，以如此印象鮮明起來，又消失在某個地方。

希洛在受到化身「兵器」的訓練中，自行創出了這種方法。

為的是要抹殺受詛咒的記憶。

他說服自己，既然是高性能的殺人機器，就可以如此辦到。

他以過度強迫的精神控制，維持著堅韌的精神。

然而這樣的負擔超乎想像得大，有時也會發生反效果……

希洛自己也想不透，為什麼心中會浮現出沙漏的形象。

但他感覺「沙子」是表現「時間」的最佳對象。

他認為不斷流逝的「沙子」，比起機械般一秒一秒地轉動，或是液晶畫面那樣令人眼花的變化都還要像是「時間」。

希洛是屬於會不斷捨棄過去，活在當下類型的人。

不，或許說他希望自己可以這樣會比較正確。

（過去……我不需要這種東西。）

他在心中如此作想，讓自己恢復了以往的冷靜之後便操作面板，從坎沙的上側發射管釋出通信浮標。

此機器由之前的「ＯＺ」所開發而成，是種不會受到任何干擾電波影響的優秀通訊裝置。

一般稱作「ＯＺ線」的這種裝置，會藉由浮出海面上的通信浮標傳送接收特殊脈波，就算處在深海也可以與外界通訊。

不過唯一的問題，就是只能在半徑一公里內這樣的狹小範圍內使用。

希洛不會把時間白費在這個過程。

在通信浮標浮上海面的期間，他開始以超音波大範圍地偵測崖壁，以得到詳細的地形和內部構造。

接著他便成功找出了水中隧道入口的大概位置。

坎沙機身裝有四門魚雷發射管。

四發魚雷齊發，就應該可以撬開這道被封閉的門。

問題在於產生的爆炸，可能會讓山克王城中的人察覺有人要潛入。

就算因為在深海之中，可以掩飾爆炸聲，但也無法完全掩蓋震動和海面變化。

「紅色一號坎沙報告……已拉好『ＯＺ線』。」

他發訊通知了位在高空中的預防者ＶＴＯＬ垂直升降機——

山克王城　地下防空洞——07：32PM——

迪茲奴夫．諾恩海姆看過手錶之後，在心中一聲咋舌。

（還有四個鐘頭半啊……）

幾分鐘前，他收到了第二件貨櫃已經拋投下來的報告。

他也已經得知第一件貨櫃內的純金金塊全都是真品。

可見地球圈政府似乎已經接受了己方的要求。

但是迪茲奴夫卻感到焦慮。

對他而言，贖金什麼的，其實根本不重要。

他的真正目的是啟動「完全和平程序Ｐ．Ｐ．Ｐ」。

而顯示在舊式筆記型電腦螢幕上的小貓「沙姆」，已經確認莉莉娜是「匹斯克拉福特」。

剩下的，就只是讓莉莉娜輸入「PEACECRAFT×2 HEERO YUY」而已。

雖然僅只如此——

＊

幾年前，迪茲奴夫接到自己的父親，同時也是上司的諾貝・諾恩海姆董事長命令，取得了由湯瑪斯・卡蘭特這個人所開發，名為「完全和平程序原型P・P・P・P」的軟體。

他的任務就是要修復、改良，並啟動其中的資料。

令他吃驚的，是該軟體是以自行開發的軟體組成，先前無人啟動過。

但是諾貝告訴他，只要有了這件軟體，就可以徹底支配火星圈。

據說那是種對絕大部分人施打某種藥物，一旦不聽從命令，就會觸發系統而一口氣大屠殺的程序。

迪茲奴夫忠實地接受了命令，開始著手修復。

他成功地從軟體中讀到了程式資料。

但仍有許多資料無法讀到。

即便他網羅了多麼優秀的程式設計師組成團隊工作，依然花費了相當長的時間，為這超過五十年時間的資料修復以及除錯。

就算這麼做了，也還是無法啟動。

其原因，就在於軟體上了高難度的密碼鎖。

後來在得知可以讓軟體與新開發出的奈米機械和電腦網路連線之後，又重新組成了專案團隊；那已經是距今兩年前，AC195年的事。

雖說如此，還是有個大問題無法克服。

因為啟動條件太過特殊。

費盡千辛萬苦才讀出的密碼解除條件，就是必須備齊匹斯克拉福特家的人，和AI（Artificial Intelligence）「沙姆」。

其設計手法就是要先讓「沙姆」辨識出匹斯克拉福特，再讓此人輸入「PEA

ＣＥＣＲＡＦＴ×２ ＨＥＥＲＯ ＹＵＹ」才會啟動。

ＡＩ的智能水準相當高，已經是量子電腦等級。其水準，就連運用當前最新技術也都未能達到。

公認最接近量子電腦的，就只有鋼彈的ＺＥＲＯ系統而已，但這依然有「失控」的危險性，畢竟仍然無法斷定已經達到該水準。

當「ＥＶＥ ＷＡＲＳ」之後，米利亞爾特．匹斯克拉福特與次代鋼彈一起出現在火星時，迪茲奴夫下了決定。

——次代鋼彈上也裝有ＺＥＲＯ系統，如果我能得到此機體，並化身為米利亞爾特，或許就可以啟動程序。

在米利亞爾特離開火星後，他毫不猶豫地將自己的臉整形成米利亞爾特。

要說這已經是瘋狂的境界，大概也毫不為過了。

接著他便殺害受委託保管次代鋼彈的艾爾維．奧涅格少校，成功奪得機體。

還載下了存在於ＺＥＲＯ系統中的「米利亞爾特」殘留意識，努力想化成匹斯克拉福特。

但是重點所在的「P．P．P」仍舊無法啟動。

據ZERO系統指出，他必須得到安裝在「雙足飛龍」上的量子電腦型AI「沙姆」才可以啟動。

原本到了這個階段，迪茲奴夫已經打算放棄。

無論如何調查紀錄，都查不出那五十年前的「雙足飛龍」位在何處。

更何況山克王國期間反覆滅亡、中興了好幾次，難以想像「沙姆」的資料還能留到今日。

就在這時候，火星上的部下傳來了預防者將要重新啟動MD無人工廠「火神」的動向報告。

地球圈的特務機關很少刺探火星消息，相反的，自己這邊則駭進其資料，取得了幾筆機密資訊。

其中一項資訊與「雙足飛龍」有關。

根據資料指出，羅姆斐拉財團的迪爾麥優公爵和茲伯羅夫技師長，在開發MD時，曾使用「沙姆」作為規劃軟體的參考。

「沙姆」還存放在地球的某處。

迪茲奴夫費盡千辛萬苦到處尋找。

獲得激勵的瘋狂，與超乎尋常的執著相輔相成，在背後促使著他行動。

他動用諾恩海姆康采恩的全力，徹底調查。

最後查到「沙姆」最有可能的保存地點，就是掛在山克王城大廳上，馬爾提克斯・匹斯克拉福特王的肖像畫。

這幅畫設有新鈦合金製的特殊防盾保護，即便曾遭受空襲和火災等災害，仍一直掛在現有位置上。

不過是一幅畫，居然設有如此完備的防護措施，確實不自然。

再深入調查，便得到其中藏有「沙姆」資料的資訊。

為了取得此資料，才有這次僱用了十幾名恐怖分子，將莉莉娜為首的政府要人當作人質，據守在山克王城的情事。

迪茲奴夫果然從該肖像畫中找到了舊式的小型電腦。

但是重點所在的ＡＩ是設在原始狀態下，尚不足以稱作「沙姆」。

要使之成長，提高其辨識能力，至少也要有六十個小時以上的學習及和人類的交流互動。

好不容易全都完成，還來不及高興，就發現「沙姆」並未認定迪茲奴夫是匹斯克拉福特。

數度嘗到挫敗的迪茲奴夫，這時能做的也只有咬牙切齒了。

是資料讀取失誤？還是有更根本的失敗原因？

無論是哪一種原因，他已經無法在這當下停止那促使自己走到這個地步的瘋狂失控情緒。

他決定做最後的賭注——要求莉莉娜合作。

但是——

＊

這一個多鐘頭，迪茲奴夫不厭其煩地不斷說服莉莉娜・德利安。

「莉莉娜小姐，請仔細想想……一旦我們的要求得逞，預防者就會消失，如此一來，各地將會再次爆發革命和紛爭，取代預防者的巨大軍事組織將應運而生，那些就和過去的地球圈統一聯合軍和祕密組織『OZ』是一樣的存在。」

「…………」

「可悲的歷史又會重蹈覆轍。若不啟動此程序，就不可能會有『和平』。」

「我不相信，『完全和平』並不可能用這種程序就得以實現。」

「不，一定會實現。因為這是管理全人類的系統。」

「不可能！和平是——」

「我知道。小姐想要說的是『和平並不是由別人所給予，而是要親自去爭取』吧？」

「…………」

「不過，小姐不應該期望人類可以無拘無束又自我管理……人類要受到支配，才能成就真正的『和平』。」

螢幕中的小貓沙姆輕輕「喵」了一聲。

聽到這貓叫聲的莉莉娜並未回頭。

「…………」

內心焦慮的迪茲奴夫不動聲色，舉止表現始終紳士有禮。

「請別猶豫了，莉莉娜小姐……請拋棄德利安，回歸匹斯克拉福特吧。」

但是意志堅定的她，絕不點頭答應。

「我與小姐一樣希望『和平』，我們要走的路、追求的目標完全一致，小姐究竟為什麼不願意幫助我呢？」

「迪茲奴夫先生，目前的您正高舉『核子武器』威脅著地球圈政府，和我絕對不一樣。」

「這可以帶來『真正的和平』……在捨棄了當下這個『虛偽的和平』之後。」

這是場走向「和平」的試膽賭注。

稱作絕望的「和平」，化成了斷崖絕壁，聳立在前方。

莉莉娜心中如此想像。

她感到自己正受到考驗。

（我不許和平以這種方式實現。）

應該還有其他的選項。

必須在僅剩的時間內找出來才行。

（我要勇敢面對，不能拋棄希望——）

若「完全和平」以拋棄所有兵器為前提，那麼無庸置疑，與這個稱作預防者的組織本身就成了「矛盾」，就連莉莉娜也是在去年年底才知道有此組織存在。

迪茲奴夫會說是「虛偽的和平」，或許也是莫可奈何之事。

然而莉莉娜沒有要完全否定預防者的意思。

如果沒有這個組織，恐怕就不可能阻止瑪莉梅亞軍的起事。

而且，民眾也是在看到鋼彈的奮戰之後，才湧現要盡到「爭取和平的責任」的想法，因而挺身而出，這是不爭的事實。

她心中也對於在這前途光明的世界，卻要隱姓埋名在暗中工作的預防者成員感到過意不去。

如果真的依照了迪茲奴夫的要求，交出原本要撥給預防者的預算當作贖金，並告知世人知情，地球圈統一國家的「和平維持體系」肯定因此發生破綻。

這麼一想，或許就沒有選擇的餘地了。迴避的唯一方法，就是藉由這個稱作「完全和平(Perfect Peace)」的程序，以支配的壓制力消弭戰爭。

這樣可以避免核彈爆發，人質將得到解放，也保得住這個美麗的山克王國。

（但這樣真的好嗎？）

這難道不是逃避了「維護和平的責任」嗎？

那麼，另一個選項就是——

持續保持沉默直到時限，與兩百名人質和山克王國一起消失在世間。

不管在場人員的寶貴性命。

這方法就是將之後交給預防者處理，將懸而未決的課題「維持完全和平」交棒給下個世代。

（可是這也——）

莉莉娜覺得這是種不負責任的結論。

她反覆不停地思考，但只是陷入混沌之中，得不到可以接受的解決方案。

這在她動搖的心中，無疑是道苦惱而艱難的二選題問題。

根本的原因，就在於這兩道選擇都與莉莉娜期望的「和平」完全不同。

山克王城　三樓　人質監禁室——07：55PM——

女性人質都被集合在這個房間內。

預防者局長蕾蒂．安發覺到包包內的小型無線電發出了振動。

（開始行動了嗎……）

她小聲地向坐在旁邊的桃樂絲．卡塔羅尼亞說：

「不好意思，可以幫忙吸引他們注意嗎？」

「好啊。」

桃樂絲笑答：

「妳希望怎麼做呢？是『姊妹吵架』？還是『色誘』？或是『色狼騷擾』？」

「盡量不要牽連到別人。」

「那麼就用『演講』好了。」

說完後，桃樂絲就站起身來，走向負責監視的恐怖分子處。

桃樂絲的態度堅毅凜然，勇敢的氣質表露無遺。

兩名恐怖分子重新舉起機關槍。

「幹什麼？不准站起來！」

「要上廁所的話，就全部一起去！」

桃樂絲嘴角一揚，嗤聲笑了出來。

「你們有殺過女人嗎？據我所知，你們很討厭這種行為……呵呵。因為當下的射殺情景將會深深烙印在腦海中，甚至讓人無法成眠。想必你們溫柔的母親在養育你們時，也都不希望發生這種事吧？」

「少廢話！」

「竟敢嘲弄我們！」

桃樂絲接著轉身背對他們，面向其他人質。

「煩請各位聽我說幾句話，我有個建議……」

「妳給我住嘴！」

「真的想被殺嗎？」

兩名恐怖分子在身後喝斥，但桃樂絲不為所動，開始有模有樣地「演講」。

「各位，這兩位男士的工作太辛苦了，我認為應該讓他們放下重擔。不知道大家覺得如何？我們何不全體自殺？像這樣再增加他們和地球圈人士的負擔，也是件令人過意不去的事吧？我們就乾脆全部衝出去，讓機關槍將我們都射殺如何？」

所有聽到的人質均啞口無言。

「全都不准站起來！要是敢輕舉妄動，就真的要開槍了！」

兩名恐怖分子將機關槍從半自動調成了全自動。

「起來吧，我們有志一同，共享彈雨……再淒美地謝別人世！讓這地板沾上鮮紅的血，獻給神欣賞吧！」

情緒激昂的桃樂絲，視線略瞥向背後。

「如此，你們也能早點回去啊。應該有親愛的家人在等著你們吧……」

其中一人將機關槍調回半自動後，開口說：

「很抱歉，我沒有媽媽，也沒有家人。」

他舉槍瞄準了桃樂絲美麗的金色長髮。

蕾蒂．安悄悄地收起化妝鏡。

桃樂絲確認了之後，又背對著他們說：

「哦——你們要射我嗎？那麼就請便吧。我會一直詛咒你們的，不管是一百年，或是兩百年。」

對方將手指扣向扳機。

就在這時，蕾蒂．安突然站起來拍手。

兩名男子便將槍口對向蕾蒂．安。

「精采……真是太精采了。」

她的語音嘹亮，舉止高貴。

「桃樂絲小姐……妳的演講感動了我。」

但是又馬上轉為嚴厲的語氣斥道：

「可是這對其他人是種困擾！請坐下來！」

「哎呀，是嗎？我還想繼續說呢……可惜。」

桃樂絲意猶未盡地說著，便回到了自己的位置。

兩人的視線在瞬間交錯。

「還有嗎？」

「嗯，堆積如山……」

蕾蒂．安和桃樂絲小聲交談，並彼此回以堅定的笑容。

南側市區　第一部隊──07：55PM──

特洛瓦與卡特爾爬上位於市區內，三十層高的大廈屋頂，在上面設置小型的防空火箭砲。

從該處也可以俯瞰山克王城。

大約在三十分鐘前，第二部隊的五飛和迪歐已降落在北方的森林山丘地。目前他們應該已經穿越森林，抵達山克王城後方了。

「該行動了吧？」

「嗯……特洛瓦，可以麻煩你接任聯絡工作嗎？」

「是沒什麼問題……」

卡特爾將無線電交給了特洛瓦。

「我不太會應付……那個人。」

通訊對象正是拿著化妝鏡，裝作在補妝的預防者局長蕾蒂．安。

『特洛瓦．巴頓果然厲害，居然懂得使用「ＯＺ線」。』

「行動將於二五〇秒後開始……煩請也展開行動。」

『不，慢著……莉莉娜．德利安目前不在這裡，要是輕舉妄動，她將可能遭遇危險。』

「哼……預防者居然也變得這麼正經了。」

『什麼？』

「唯有奸詐之人才能在戰場上存活……這點道理，妳蕾蒂‧安應該再清楚也不過了吧。」

這兩人在ＯＺ任職時代也是長官和部屬的關係，但用字遣詞依然直到現在都完全沒變。

「莉莉娜就交給我們……其他人質由妳負責。」

『我知道了，會努力的……會合地點是……？』

「位置可以利用此通訊頻道定位……請照自己的意思行動。」

『收到。』

蕾蒂‧安收起化妝鏡，切斷了通訊。

卡特爾拿起雙筒望遠鏡觀察，並向特洛瓦報告：

「ＶＴＯＬ垂直升降機來了。」

特洛瓦沒有回話，默默將無線電交給卡特爾，接著動作俐落地架起防空火箭砲，瞄準目標。

「跟希洛說一聲，任務開始。」

不帶感情地如此說完後，便扣下了扳機。

火箭彈應聲發射。

筆直朝向預防者的ＶＴＯＬ垂直升降機飛去。

幾秒鐘之後，火箭彈就神準地正中機身的後方。

閃光照耀四周。

爆炸聲迴盪八方。

不帶感情地以激烈而醒目的方式攻擊，這就是特洛瓦。

山克王國　上空　VTOL垂直升降機——07：59PM——

因為爆炸的關係，機身的後方冒出黑煙。

這也使得飛行失去了穩定。

莎莉拚命穩住操縱桿，露出微笑，自言自語地說：「漂亮……」

另一方面，她則對著山克王城唯一開啟的通訊頻道喊話：

「這裡是預防者渥特！次代政府請回答！」

螢幕上出現了穿戴著太陽眼鏡和圍巾的男子。

『有什麼事嗎？』

「我還想要問你！為什麼要對我方射擊？是不想要贖金嗎？」

『慢……慢著！』

「既然連部下都不能確實管制，那談判就破局了！本機的垂直升降引擎已破損！六十秒後將緊急著陸！請先將爆裂物改置於安全的地點！」

接著莎莉就粗暴地切斷了無線電，行有餘力地操縱機體飛到海面上空，再一百八十度迴旋，對著山克王城飛去。

剩下的工作，就是設好自動駕駛，往城牆撞去而已。

計算上將會撞破城牆，緊急迫降在中庭附近。

莎莉打開艙蓋跳出，以降落傘著陸。

山克王國灣　海底——08：00PM——

接到卡特爾通知的希洛，發射了四管魚雷。

魚雷命中崖壁，確實炸開了被封鎖住的水中隧道入口。

這時候，上面應該正因為預防者的ＶＴＯＬ垂直升降機撞到山克王城內而一陣混亂吧。

就在泥沙和岩石都還不斷落下時，坎沙便毫不猶豫地衝了進去。

希洛一向果斷。

（等我吧，莉莉娜……）

他的心中浮現了數度想要抹殺，卻又抹殺不了的莉莉娜面孔。

「…………」

現在，他對於心中會浮現莉莉娜的容貌已經不再懷疑。

「紅色一號坎沙報告……已進入水中隧道，將繼續順著走下去！」

山克王城　後院　第二部隊——08：02PM——

迪歐與五飛以直升機式的迴轉方式操縱降落用簡易型推進裝置，降落在城內的腹地。

雖然前方遠處正站著兩名看守的士兵，但他們的注意力已被城後發生的爆炸聲所吸引。

迪歐望著燃燒的火光，露出會心一笑。

（哎呀，幹得真是有聲有色……）

這時候，卡特爾和特洛瓦應該正從正面的城牆開始入侵。

（我們也得趕快才行了。）

往旁邊一看，五飛已經著地，並將推進裝置用得像是中國武術的「棍」似的，把看守的士兵給打暈。

推進裝置原本就不是做來當作武器使用，僅僅兩下就被打得彎掉了。

（全都是些亂來的傢伙……那個裝置很貴的耶！）

迪歐只是心中這麼想，但沒有說出口。

五飛說了聲：「快！」催促迪歐後，立刻動手脫下士兵的迷彩服。

「是是是……我又沒有脫臭男人衣服的興趣。」

迪歐一如往常地輕浮回應。

兩人打算就此化成恐怖分子，潛進城內。

「還有十八個人啊……」

總是沉默寡言的五飛自言自語。

伸手穿過迷彩服袖子的迪歐說：

「把莎莉也算進去的話，就是一個人要應付三個人……簡單啦。」

「哦……」

「你在驚訝什麼？」

「我沒想到你會除法。」

（選這小子當我夥伴……真是爛透了。）

迪歐開始詛咒起自己實在不走運。

山克王城　地下防空洞——08：15PM——

報告接二連三地傳來，讓迪茲奴夫難掩焦慮的心情。

「真是的，到底在搞什麼……」

他必須分出人手去滅掉起火的機體。

不得已，也只好把現場的兩名士兵派出去滅火。

「莉莉娜小姐，看來地球圈政府已經把妳給捨棄了。」

「嗯，這也讓我放心了。」

「？」

「如此一來，就不用踩煞車了。」

對方居然拋出了語意不明的話，讓迪茲奴夫百思不解。

「我不是個希望受到和平保護的人！而是希望能創造出可以保護人的和平！」

莉莉娜突然將舊式筆記型電腦高舉到頭上。

「這才是匹斯克拉福特！」

接著就直接砸到地上。

「砰」的一聲，發出了內部零件毀損的聲音。

「妳竟然……」

迪歐奴夫一陣錯愕。

一看機不可失，帕坎總管就立刻衝了上去。

他將迪茲奴夫一拳打倒在地，並奪下他的手槍。

「抱歉……迪茲奴夫先生，我想您也應該要認清現實了。」

帕坎語氣一派冷靜，將槍口對準了迪茲奴夫。

迪茲奴夫緩緩地舉起雙手。

「哼……真是絲毫不能放鬆啊。」

他出乎意料地泰然自若。

在他舉起來的右手掌上，有個小型的按鈕。

「次代政府」還擁有核武這張王牌。

「敢再傷害我，就會立刻引爆。你們應該不會希望自己得救就好了吧？」

不知該如何是好的帕坎，望向莉莉娜和瑪麗涅尋求意見。

兩人都無力地搖了搖頭。

「好了，請把你手上的槍交給我吧。」

帕坎聽從迪茲奴夫的話，交出了手槍。

一拿到手槍，迪茲奴夫就以拿著手槍的手毆打老總管的臉。

這拳打得帕坎咳血並吐出了數顆門牙。

然後就直接倒在地上，昏了過去。

「希望你不要介意……我諾恩海姆家受到屈辱時，一向是加倍奉還。」

他接著就撿起被摔在地上的舊式小型電腦。

「怎麼對可愛的『沙姆』這麼殘忍呢……」

雖然話這麼說，他的眼神卻是惡狠狠地瞪著莉莉娜。

打開電腦一看，螢幕已經熄滅，還出現了裂痕。

「又得花時間修復了。」

這時候，外面的人以內線傳來通知。

『發生什麼事了嗎？』

他看向螢幕，有個恐怖分子正站在防空洞的門外。

「終於回來了啊……喂，身上有確實帶著武裝吧？」

迪茲奴夫向外面的人問道。

『當然。』

「好，進來吧。」

『了解……』

一打開門，站在外面的竟是扮成了恐怖分子的希洛・唯。

迪茲奴夫也發現到對方不是自己僱用的士兵。

「你……你是……？」

「希洛！」

莉莉娜情不自禁地叫出聲。

希洛舉起機關槍，對著迪茲奴夫說：

「別動……」

聽到這句話，迪茲奴夫不屑地說：

「你不怕我用核武嗎？」

「你試看看。」

希洛下巴朝向倒地的帕坎，冷冷表示：

「我可不像那傢伙那麼好說話……」

他並不打算聽從卡特爾要以人命為優先的主張。

「我會戰勝一切……勝過這宇宙的任何人。」

希洛仍然認為心中懷抱著無比堅定的信念。

「莉莉娜，就算是妳也一樣。」

他這句話的語氣雖然冷淡，卻莫名帶著柔情。

莉莉娜咀嚼著這句話後，悲涼地說：

「不，希洛……我不能讓你那樣做。」

她的淚水奪眶而出。

——她並沒有忘記。

希洛曾經說過，「再也不殺任何人」——

而她當然也能體會到下面那句「可以不用殺了」的其中含意。

其前提就是「因為已經和平了」。

在和平受到擁有核武的恐怖分子威脅的現在，為了阻止其行動，「殺人」將會成為合理行為。

但是說得再漂亮也無法掩飾事實。

就算是為了保護大多數人的生命，殺人就是殺人。

即便對方是多麼殘酷的屠夫。

希洛是個能有如此覺悟的的人。

莉莉娜一想到希洛個人將要背負那「難以解脫的罪惡意識」，還是會希望希洛不要犯下「殺人行為」。

希洛不發一語，伸手搭在莉莉娜的肩膀上，要她離開原地後，便將設為半自動的機關槍對著迪茲奴夫。

迪茲奴夫亮出左手上核彈的引爆按鈕，並用右手的手槍瞄準希洛。

他旁邊的桌子上則是放著安裝ＡＩ「沙姆」，已然損壞的舊式筆記型電腦。

瑪麗涅將仍昏倒在地的帕坎總管的頭放到自己的大腿上，為他擦拭嘴角的血。

迪茲奴夫眼神露出傲然神色，瞪著希洛的臉說：

「我想起來了，希洛．唯……我見過你一次。」

山克王國灣　海上——08：20 PM——

夜霧已經籠罩著海面。雖說已經到了四月，但水溫極低。

莎莉以降落傘飄落到海上之後，就立刻游上豪華客輪，來到預防者的作戰指揮室，這讓她花了相當多的體力。

「沒想到山克王國灣會這麼冰冷。」

莎莉身上自然是已經穿了防寒的潛水衣，卻仍然感到冰寒刺骨。

「看來我已經氣力衰弱而不自覺呢。」

她感覺到自己老了，對體力的衰退深有痛感。

渾身發抖的莎莉進到船室，將壺內微溫的黑咖啡喝完。

涼掉的咖啡，味道淡而無味。

雖然是出動前自己泡的咖啡，但莎莉原本就對這方面不在行。

她深深嘆了一口氣，自言自語地說：

「或許要考慮退休了吧……」

說起來，她已經奮戰了超過三年。

從聯合軍少校到地下反抗組織，再轉到現在負責滅火的預防者，做的事情卻完全都一樣。

以前五飛曾經這樣對他表示——

——妳明明這麼弱，為何還要繼續奮戰？

——我認為我有堅強的內心。

終究是「我認為」。

那個時候的自己，或許只是想要盡自己的能力，出言鼓勵心中正感到迷惘的五飛而已。

她也自知矛盾。

由於以前所處立場是軍醫，更加深了這樣的感覺。

她在戰場上身處唯一能拯救性命的立場，卻同時犯下許多奪走性命的行為。

為了保護病人和傷患，她不只一兩次動手殺害進攻的敵方士兵。

她當然可以說服自己，一切都是為了拯救弱者。

然而自己並非神，有資格劃分「該拯救的生命」和「該奪走的性命」嗎？

每個人的性命都一樣寶貴，不應該以自己的價值判斷決定優劣。

如此衝突造成的精神負荷，已經讓她覺得壓迫到超過極限。

事情總有收手之時，或許把這個事件當作最後一次，之後就退離現場也不錯。

就連公認在預防者中，精神力比任何人都要強韌的莎莉，最近都無法避免會這般感到氣餒。

「不，現在不是迷惘的時候。」

她打開了電腦，開始分析藉由三次飛到上空而偵察到的山克王城內部資訊。

核子彈的位置，已經用偵測輻射的方式立刻找出。

就位在西側尖塔的頂層。

這顆核彈一旦爆炸，就會讓北歐的「春天」瞬間化為「夏天」。無論如何，都一定要設法阻止發生。

她同時還調查了四周的狀況。

調查時，她發現有一架身分不明的大型運輸機正在山克王國灣的外海——波羅的海的上空飛行。

「這架機體難道會是……」

莎莉頓時覺得有道不好的預感蒙上心頭。

這時，靜靜地吹來一道海風。

霧氣無聲無息地在海面上浮現——

山克王城　地下防空洞——08：22PM——

迪茲奴夫出人意表的發言，並未撼動到希洛。

看到希洛表現的態度，迪茲奴夫也絲毫不放在心上，繼續開口說：

「那是距今十年前，AC187年夏天的事……」

希洛那時候正潛入L-1殖民地群的醫療設施中。

「你和一名叫作亞汀．羅的人在一起。那個時候，我的臉不是長這個樣子，你當然不會有印象。」

將臉整形成米利亞爾特的迪茲奴夫自我調侃道。

但是他藍色的眼眸卻滿是悲傷。

「我心愛的阿斯特蕾亞就在那間醫院去世，那時我什麼都沒了，不管是喜悅、希望，還是人類的情感……」

「…………」

「我發誓要報仇。對山克王國無能的醫師團隊、殖民地的恐怖分子，還有克修里納達家的人報仇。」

「…………」

「這個世界從那時候起就沒有任何改變。世上淨是些錯誤的事。充滿了腐敗、矯情、骯髒和怠惰，四處都瀰漫著低能又嫉妒心重之人卑劣的思想，不為他人著想的自私行為到處橫行。我對這個地球圈已經絕望。完全不值得相信，爛透了，根本是沒有生存價值的世界。」

「所以……」

希洛打破了沉默。

「你想說的話就這些嗎？」

他話還沒有說完，就擊發了手上的機關槍。

毫不猶豫。

其中一發子彈射穿了握有引爆按鈕的手。

「我可沒無聊到會聽你的閒話。」

接著又一發射中了迪茲奴夫的大腿。

「唔！」

這樣一來，他應該就逃不走了。

迪茲奴夫腿一彎，當場蹲到了地上。

已然損壞的引爆按鈕就碎裂在眼前的地板上。

希洛將槍口抵在迪茲奴夫的後腦杓上，冷冷地說：

「結束了……迪茲奴夫。」

迪茲奴夫緩緩地抬起了頭。

但他居然一點痛苦的表情都沒有。

「哼，結束什麼……我可是能夠奪走你所有的希望。」

「希望？我沒有那種東西。」

「你和我是同類——」

從迪茲奴夫左手背的槍傷中，露出了銀色的精密機械。

他的手指已經改造成專為操作鍵盤設計的高速多關節式機械手。

為了啟動「完全和平程序Ｐ．Ｐ．Ｐ」，他將自己的臉整形，而為了提高工作效率，還將自己的手化成了機械。這樣的他，和為了成為終極兵器而不斷接受特殊訓練的希洛，在境遇上自然可說是相似。

「——你得到的就像個脆弱的玻璃製精品一樣，我會輕而易舉地摧毀掉，就像我的一樣。」

迪茲奴夫露出高傲的笑容。

就在這個時候——

防空洞的門突然打開。

去滅火回來的兩名恐怖分子發覺到室內有異狀，便從外部操作，以手動方式打開閘門。

希洛立刻下了判斷。他離開迪茲奴夫，對著擋在瑪麗涅身前的莉莉娜說：

「莉莉娜，找地方躲起來！」

接著就朝門口連發機關槍。

這只算是威嚇射擊。

兩名恐怖分子則是躲在打開的閘門後面，趁隙回射。

希洛不斷擊發手中的機關槍，以保護瑪麗涅和帕坎。

如果沒有這兩個人，相信他肯定已經守護在莉莉娜身邊。

這時候的莉莉娜正藏身在與希洛有段距離的防空洞操作台下方。

在這場激烈槍戰中，他認為躲在那裡並不會有危險。

砲火瞬間停了下來。

兩名恐怖分子朝內部投擲了手榴彈。

希洛趕緊朝著反彈滾落在地的手榴彈奔去，將其一腳踢向出口。

防空洞的外側發出了劇烈的爆炸。

引起的濃濃煙塵也飄入到希洛等人所在的室內。

先前希洛還能一直以眼角餘光留意迪茲奴夫的動向，但這時已無法兼顧。

他有股不好的預感。

「莉莉娜！」

希洛回頭叫喊。

這時候，他看到有個東西呈拋物線，朝著莉莉娜藏身的操作台處飛去。

一開始他還覺得那像是帶著銀色光澤，雪貂模樣的小動物在跳動。

但那毫無疑問是迪茲奴夫的機械左手。

（原來是可以拆卸的……）

心中這麼想的他，立刻對著莉莉娜大喊：「快逃！」但已經來不及了。

左手一落到地上，就發出一陣閃光。

下一秒鐘，近乎無數的細碎金屬碎片就隨著一聲爆炸聲向四周飛去。

他的手裡原來暗藏了小型的爆裂物。

希洛趕緊向該處奔去。

眼前的景象令希洛為之愕然。

莉莉娜的身上到處都刺滿了像針一樣的細小零件。

希洛頓時感到難以言語。

他過去從未見過莉莉娜重傷的模樣。

「……希洛，對不起……」

「要道歉的是我。」

希洛心中數著自己在這裡犯下，一隻手都無法數完的失誤，向莉莉娜說出發自內心的歉意。

「莉莉娜，我對不起妳。」

但這時的莉莉娜依然露出微笑。

「……我很開心……這樣子，我也跟你一樣了。」

說完之後，她就闔上眼，昏了過去。

她身上的白色禮服已被滲出的鮮血逐漸染為鮮紅。

外頭的兩名恐怖分子擊發了手中的機關槍。

不過不是對著目標射擊。

應該是為了從旁開出讓迪茲奴夫逃走的路線而射擊。

接著就回到了原本的寂靜。

竟然讓他逃走了。

從其速度看來，迪茲奴夫的那隻腳肯定也已經改造成機械。

希洛在心中一聲咋舌。

這完全是他的失誤。

希洛檢查了莉莉娜脖子的脈搏和瞳孔，並盡可能做好緊急處理之後，便打開了通訊機具的開關。

就在聯絡時，他又對另一件事感到後悔。

（我太沒有醫療知識了……）

自己身負的技術足以應用在「殺人」方面，但鮮少能夠用來「救人」。

迪歐、卡特爾、五飛、特洛瓦都沒有回應。

他們都還在行動途中。

希洛明顯感到動搖。

他詛咒自己的無能。

一股無助感在他的心中揮之不去。

看到希洛這樣，瑪麗涅便對著他搭話。

她表現得很鎮定。

「還請交給我來……我對醫療還有點經驗。」

希洛便讓出了位置給她。

通訊機具剛好也有人傳來回應。

回應的人，是待在豪華客輪的預防者作戰指揮室的莎莉．鮑。

她正準備動身前往這裡搭救人質。

『怎麼了嗎？』

「有緊急狀況……莉莉娜受傷了。」

『收到！我馬上過去會合！』

「拜託了……我要去追恐怖分子的主謀。」

希洛向一旁不停做著急救處理的瑪麗涅說：

「馬上就會有擔任醫師的同伴過來。」

「有幾個地方是致命傷……你的急救處理手法妥當，剩下的就是如果可以使用這座城的醫務室，我想就一定有救。」

「是嗎……」

希洛將莉莉娜託付給瑪麗涅之後，立刻動身追蹤迪茲奴夫。

他眼角一瞥，看到那台舊式筆記型電腦仍然放在桌上。

對迪茲奴夫而言，或許是因為不但「Ｐ・Ｐ・Ｐ」的啟動程序遭到破壞，就連操作電腦的左手都已經失去，這台電腦已經無用武之地了。

希洛望了一眼之後就趕緊離去。

（那傢伙，不可饒恕——）

如同這句話所代表的，迪茲奴夫傷害了希洛最寶貴的人。

（——沒理由饒了他。）

希洛內心激動，只是不停地奔馳。

波羅的海　上空　大型運輸機——08：41ＰＭ——

接到迪茲奴夫緊急通訊，諾恩海姆公司的操縱士便立即趕往山克王國。計畫中，若交涉依照原本預定成功的話，恐怖分子就會搭著這架機體逃出。在機庫內載著的，是在火星圈的「火神」製造的ＭＤ——比爾哥Ⅲ。這是迪茲奴夫的專用機，他把這架機體叫作「阿斯特蕾亞」。對於把這架原意為處女座的機體，以其源由的女神之名來稱呼，周遭人都不覺得不妥。

這架機體搭載了自動模式的ＭＤ系統，但也設置了可坐進駕駛員的駕駛艙，因此也可以人工操縱。

而在準備由迪茲奴夫駕駛的這架「阿斯特蕾亞」駕駛艙內，還放有他的交換式義肢手腳，以及其他備用零件。

山克王城　西側尖塔——08：48PM——

迪歐的眼前，正放著一顆大小為直徑一公尺，高三公尺的圓筒型核子彈。

以內視鏡窺看後，發現其中有定時裝置在運作。

剩餘時間——「03：12：00」的數字畫面正在倒數當中。

恐怕在迪茲奴夫所拿的引爆裝置遭到破壞時，正反器回路就會開始運作，將狀態轉為定時倒數。

「而且還給我很周到地加上了振動感測裝置。」

要是隨便搬運就會馬上爆炸，相當棘手。

迪歐曾經見過一次這種手法。

過去ＯＺ在中東用過一樣的裝置。

幾分鐘前，迪歐正與五飛一起慫恿正在監視人質的八名恐怖分子去將裝有金塊的貨櫃搬到防空洞內。

「要是核彈被引爆，金塊也會遭到汙染！趁現在先搬進去吧！」

煽動成功了。

然後他們就捉住其中一名往地下的恐怖分子，問出「核子彈」的所在處。

該處與莎莉的報告中指出的地點一致。

人質的救出工作交給了五飛，迪歐則是單獨前往處理核彈。

在這次的成員中，解除保全設定能力上最為優秀的人，就是迪歐。

但就算是如此高竿的迪歐，要解開這道定時裝置也是難如登天。

其配線全都集中在圓筒型炸彈的下方，要想實際剪斷接線停止裝置運作，就必須進入其中。

然而這樣做很可能會讓自己處在致死量的輻射下，況且稍有振動，就可能引爆核彈。

若穿上太空服，或許可以操作到某種程度，但應該還是會發生輕微的振動。
失敗機率不低，想得到的辦法也只有從外部連上定時裝置，以駭入裝置內電腦的方式阻止爆炸。
迪歐無可奈何地聳了聳肩。
「還有三個鐘頭啊……我真是又抽到了一支下下籤耶。」

山克王城　三樓　人質監禁室——09：05PM——

桃樂絲一等到監視他們的恐怖分子往地下避難，就同時展開行動。
卡特爾和特洛瓦趕到時，她已經將上鎖的門一一打開，放出被關在其中的人。
接著就只剩下將所有人接到預先準備好的客輪上，盡快離城堡遠一點了。
蕾蒂．安和五飛已經動身去將所有的恐怖分子關在地下防空洞中。
卡特爾對著許久不見的桃樂絲說：

「嗨，果然厲害……行動好俐落呢。」

「是你們太慢了。」

桃樂絲講話之毒辣，依然讓卡特爾難以應對。

「如果是由我指揮，事件發生當天就解決了。」

「或許呢。」

「你太和善了。」

卡特爾想要改變話題。

他撫摸著側腹，露出苦笑。

「一年前也被妳這樣子說過呢……那時候的傷，每到雨天就會覺得痛。」

以前桃樂絲在戰艦天秤座的ＭＤ控制室中，曾用擊劍運動的西洋劍刺傷卡特爾的側腹。

「你的個性呢，肯定又是『以人命為優先』規劃行動，這就是最大的錯誤。」

「是這樣嗎？」

「以人命為優先，最可能身陷險境的人，就是實際行動的人呀。其次就是人質的我們……最安全的也許算是恐怖分子。這樣一來，性命的優先順序不是整個顛倒過來了嗎？」

「不，性命是不能夠排順序的。」

「所以我就說你這樣的和善態度很危險囉。麻煩你不要一直讓我重複。」

「說夠了吧？」

插話的人是特洛瓦。

「剛才蕾蒂・安傳來通訊，聽她所言，目前發生了三件危急的情況……」

「三件？」

卡特爾回問。

特洛瓦一一壓下手指說明：

「一件是莉莉娜・德利安身陷重傷狀態。」

「莉莉娜小姐重傷？」

桃樂絲插話道。

「一件是迪歐・麥斯威爾負責的核子彈定時裝置，解除無望。」

「還有一件是什麼？」

「追蹤迪茲奴夫・諾恩海姆的希洛・唯追丟了目標……蕾蒂・安說，就交給你下判斷了。」

特洛瓦輕描淡寫地說完了當前狀況。

卡特爾低聲說：「全部都是我的錯。」之後，就咬著姆指的指甲，開口說出「宇宙之心」作為下一步。

「桃樂絲，跟妳說的一樣呀。如果我沒有提出『以人命為優先』的方針，希洛應該就會確實殺死迪茲奴夫……都是因為我而傷害到最重要的人。」

「是啊……你的罪孽深重，就一輩子揹負著那十字架吧。」

從她嘴裡說出來的話，雖然有時候是既苛刻又辛辣，但其語調則是帶著溫柔及安慰。

「嗯，我會的。」

卡特爾表面上仍一副開朗，心底卻一直受到無法抹滅的贖罪意識苛責。

誰都無法將他從那深邃黑暗的世界中救出來。

同時，卡特爾自己也不想要別人救他。

如此狀況便從他出生起持續至今。

能夠理解他心情的，或許就只有桃樂絲一人。

她也有著類似的境遇，一直懷抱著贖罪的意識。

「桃樂絲……我想請妳將大家引導到停靠在港口內的客輪，可以嗎？」

「嗯……好的。」

卡特爾接著就繼續為桃樂絲說明避難路線上該注意的細微末節，並提及可預期的意外狀況該如何應對的方法。

在這樣的狀況下，卡特爾仍能如此確切判斷，讓桃樂絲為之欽佩。

然而就他的「預測」而言，有著相當多不確定的要素。

卡特爾抬起頭，下達了指示：

「現在將行動的總指揮交還給預防者的局長。我要去協助迪歐。」

看著卡特爾憂心忡忡的表情，特洛瓦問道：

「阻止得了核彈爆發嗎？」

「成敗各半吧。可是我會努力的。」

「真的沒問題嗎？」

「所以我才要大家盡早離開山克王國灣，因為我無法預估會波及的範圍。」

「……我明白了。」桃樂絲聽從卡特爾的指示。

「特洛瓦就請和五飛會合，去協助希洛。我收回『以人命為優先』的方針，下了這樣的方針，真的很對不起大家。」

「別在意，希洛應該打從一開始就不在意這種方針。」

「謝謝你，特洛瓦……」

一聽到當下這個「特洛瓦」的稱呼，坐在輪椅上的少女出聲詢問：

「特洛瓦？是特洛瓦．巴頓嗎？」

此人是其中一名人質：瑪莉梅亞。

她現在已經改掉「克修里納達」，恢復其本姓「巴頓」。

特洛瓦表示：

「妳認錯人了……我不是妳的叔叔。」

「我知道。」

瑪莉梅亞露出燦爛的笑容。

「可是我很感謝你能冠姓叫作巴頓。有人願意用這個和我母親一樣的姓氏，對我是種內心的支持。」

「是嗎……」

特洛瓦心中湧現複雜的心情。

「請你以後也繼續用特洛瓦．巴頓這個名字。」

特洛瓦並不在乎用什麼名字，但他覺得用一個過去真實存在的人物當作名字並不恰當。

「可惜……我辦不到。」

特洛瓦搖搖頭。

「為什麼？」

「首先，我不怎麼喜歡特洛瓦這個名字。再者，我很討厭巴頓財團，而第三點，就是或許我再也不會對任何人報上名號了。」

瑪莉梅亞接受事實，但露出了些許悲傷的神情，小小說了聲：「這樣啊。」

山克王城　二樓　簡易醫療室——09：27PM——

莎莉的手術遇上了挫折。
無論無菌狀態或手術用器具都無懈可擊。
擔當助手的瑪麗涅也有著實在的技術。
從前，和平主義的山克王國有過建設成為醫療國家的時代。
如今留下的，就是這般特別充實的醫療設施。
即便如此，莉莉娜的手術仍然遇上極大的困難。
但也正因為醫療技術有長足的進步，才能勉強保住莉莉娜的性命。
她原本是處在就算死亡也不足為奇的狀況。
在莎莉的精湛技術下，外傷已經處置完畢，同時也將堪稱無數的金屬片一一拔除乾淨。

然而還是無法完全處理體內各部位的內出血狀況。

為了治療，還注入了最新型的急救用「醫療型奈米機械」。

但是奈米機械卻未發揮功效，原因不明。

莎莉和瑪麗涅一開始並未發現這個狀況，轉而去治療帕坎總管。

因為他的問題是輕微的腦震盪，一會兒工夫就處理妥當了。

接下來若能好好靜養就可以恢復。

然後莎莉她們就回到莉莉娜的手術室，檢查醫療資料的數據，結果發現到狀況並未有好轉的跡象。

奈米機械應該發揮作用，但化解血栓現象，並癒合受傷的血管，及其他各種循環器官的醫療系統都完全沒有運作。

原因不明。

不可能是不良新品。這種醫療用的奈米機械都會在萬全的品管下出貨，以免發生機器不良的情況。

「莫非——」

接下助手工作的瑪麗涅想到一個可能而說：

「或許山克王國以前自行開發的奈米機械，現在還留在莉莉娜的體內。」

「如果是，那就可以解釋為什麼最新型會無法運作……」

莎莉馬上為莉莉娜做精密的電腦斷層掃描，接著尋找還留在體內的舊型醫療型奈米機械。

順帶一提，莉莉娜直到兩歲前，都是生活在匹斯克拉福特王室內。

那時候的瑪麗涅是卡緹莉娜的侍女。

在王國毀滅後，她便和德利安一起養育莉莉娜。

關鍵的奈米機械一下子就被發現。

該奈米機械將新注入的奈米機械視為異物而將之全數驅除，因而失效。

「原因已經知道，但這裡的器材無法將這舊型的奈米機械抽出。」

莎莉望了一圈身邊的醫療機具後，深深嘆了一口氣。

「匹斯克拉福特王室的人都有用這種機械嗎？」

「可能都有……現在我也不能確定就是了。」

現存的匹斯克拉福特家成員，除了莉莉娜之外，就是前往火星的米利亞爾特。

「無論如何，要治療她，就必須有能與化為其細胞核的匹斯克拉福特家所用的奈米機械同調的對象才行。」

「可是那已經是超過十五年的機械，我想已經沒有其他地方會有了。」

「夫人……」

背後忽然傳來一道沙啞的聲音。

聲音是來自躺在後面床上的帕坎。

「……我年輕的時候，曾經在戰場上擔任過馬爾提克斯主人的副官……」

「不行，帕坎……你必須靜養。」

瑪麗涅阻止帕坎再講下去，但是他仍繼續說：

「那時候，我乘坐在『南瓜戰車』中，結果受到敵人轟炸而身受重傷——」

這時莎莉走過去提問：

「你那時候在山克王國接受過奈米機械的治療，對吧？」

「是……是的……」

有了眼前這位帕坎的奈米機械，那麼拿來套用到莉莉娜的治療上，就肯定不會遭到驅除。

要抽出非細胞核的奈米機械，不用花上多少工夫。

如此一來，莉莉娜就有救了。

莎莉一直是個無神論者，但這時她開始想要感謝上蒼了。

山克王國灣　上空　大型運輸機——09：42PM——

操縱士將比爾哥Ⅲ從空中拋下。

這架比爾哥Ⅲ的駕駛艙內當然沒有任何人。

機體在自動控制下張開了降落傘，減緩落下的速度。

迪茲奴夫指定的地點，是位於市區西南方的海岸地帶。
剩下的就是持續迴轉降低高度，等待迪茲奴夫再傳訊通知而已。
降低高度是為了要回收比爾哥Ⅲ。
回收之後，一個鐘頭的時間就可以移動到波羅的海。
這樣即可輕易避開核彈爆發。
雖然是這樣單純的任務，操縱士卻未能執行到最後一步。
原因是不知從哪裡來的砲擊。一枚防空飛彈打中了運輸機的引擎部位，因而失速墜落。

南側市區　特洛瓦・巴頓——09：45PM——

從三十層樓高的大廈屋頂發射防空飛彈的人，是特洛瓦。
他拿起手中的通信機具，沒有報上名號便逕自報告：

「已發現逃亡用的運輸機，並予以擊墜。」

回答的人，是預防者的局長：蕾蒂．安。

『收到……辛苦了。』

「請轉告希洛……運輸機已在西側的海岸拋投了一架比爾哥Ⅲ。」

蕾蒂．安露出了一如預期的笑容說：

『那目標迪茲奴夫肯定是前往那個地方了。』

「嗯……」

特洛瓦如此低聲回應後，便關掉通信機具的開關。

西南海岸　張五飛——09：47PM——

五飛藏身在較高的崖邊，以紅外線望遠鏡監視。

從他手上的望遠鏡中，看到了迪茲奴夫和兩名武裝恐怖分子正走出森林。

三人的目標所在地點，正仰躺著一架底下張著巨大降落傘的比爾哥Ⅲ。

五飛向蕾蒂・安報告：

「發現目標……原來如此，與傑克斯・馬吉斯是挺像的。」

『別說了……那位「滅火的風」想必會覺得噁心。』

「哼，也是……我要開始行動了。」

五飛一關掉通訊，就直接往崖下跳，並身手矯捷地滑行在斜面上。

他以外凸的石丘當作跳台滑向高空後，便豪氣地落在比爾哥Ⅲ的上面。

五飛雙手抱胸，傲然開口：

「來得好……歡迎你們。」

然後得意一笑。

迪茲奴夫一行三人看到五飛突然出現，均難掩動搖的心情。

在一旁護衛的兩人二話不說，立刻擊發手上的機關槍。

但是五飛輕而易舉地躲開彈幕，隨後俐落地跳到空中，以迅雷不及掩耳的迴旋踢，將兩名恐怖分子手上的機關槍踢到了遠處。

接著更以零距離的肉搏將他們打得落花流水。

在貼身距離下，五飛以一連串行雲流水的攻擊打中對方的心窩和印堂等要害，頃刻間便撂倒了兩人。

這是精通驚人武術的五飛擅長的格鬥技之一。

這兩名男子想必也接受過相當的訓練，但絕非五飛的對手。

「不要再做無謂的抵抗……投降吧。」

五飛泰然自若地如此說完，轉過身來。

站在背後的迪茲奴夫卻無意聽從。

他紋風不動。

對五飛而言，要打倒這個單手的人，原本應該會是件易如反掌的事。

「…………」

一陣不算短的沉默支配了當下。

春天的夜空上，閃耀著處女座最閃亮的星星——「角宿一」。

「……阿斯特蕾亞……」

迪茲奴夫小聲唸出處女宮由來的女神之名。

一陣刺耳的機械運作聲響起。

平躺在五飛背後的ＭＤ「比爾哥」開始啟動。

比爾哥Ⅲ那巨大的軀體正緩緩站起。

五飛為之震驚。

頓時讓他以為其中已經坐了駕駛員。

但他馬上領悟到這是無謂的推測。

這想必是迪茲奴夫利用ＭＤ的遙控操縱系統來啟動。

五飛不理會比爾哥，而是動身攻擊那正在遙控機體的迪茲奴夫。

他靈動一跳，使出一招刁鑽的踢擊。

但是迪茲奴夫卻以難以置信的跳躍力閃過攻擊。

接著，他並非向海邊去，而是消失在崖前的一片森林深處。

那一連串動作及應對之迅速，已經遠遠超越了平常人。

「那種水準……已經不能歸類在義足了。」

五飛向通信對象蕾蒂．安報告：

「看來對方用的是木星級惡劣環境用的宇宙模控義肢。」

『這樣啊……看來是很難活捉他了。』

蕾蒂．安回答。

『爆破裝置的解除工作受挫……所以希望盡可能捉到他來從旁「協助」。』

「那樣反而才『危險』……除了殺，沒有其他選擇。」

五飛已毫不留情地看透了迪茲奴夫的生命價值。

「但他的身手，也不是要殺就能殺得死。」

五飛並沒有立刻動身去追趕。

對手用的是模控義肢，就算去追也不免讓他逃掉。

他決定從先前打倒的士兵身上掠奪機關槍等武器，然後在起身的比爾哥前方埋伏等待。

因為不管他往哪裡逃，最後肯定都會回來找這架比爾哥。

這個中場休息並沒有多久。

在迪茲奴夫的遙控下，ＭＤ「比爾哥」開始行走。

五飛與之並行前進，繼續報告：

「這架『比爾哥Ⅲ』採用的是標準裝備，有兩具星球守衛和光束步槍……背上安裝了里歐型的高機動配件。其他諸如光束加農砲或ＭＥＧＡ光束砲等武裝則一概沒看到。似乎可以認定是專門用來脫身……但就我目前手上的武器而言，無法破壞此機體。」

『收到……接下來的處理就交給你了。』

蕾蒂·安的態度也相當冷靜。

「我要專心探索了。通訊完畢。」

五飛關掉了無線電。

（要做個了結，只有趁還沒坐上比爾哥之前打倒他。）

心中這麼想的五飛，不停尋找陰暗森林內的動靜。

然而迪茲奴夫對自己的行動，謹慎小心到令人驚訝的地步。

即便是眼睛已經習慣黑暗的五飛，也仍然還找不到迪茲奴夫藏身在什麼地方。

（既然手法可以如此徹底，那麼最好要想成他已經也把眼睛改造成有紅外線望遠的性能了。）

比爾哥依然繼續在移動。

（話說回來，這速度也太快了。）

五飛感到一陣焦慮。

他開始懷疑自己是不是有漏失了什麼。

自己離開極限環境的戰場，已經有好幾個月了。

或許是直覺變遲鈍。

就在五飛認為是不是誤判了迪茲奴夫的行動範圍時，比爾哥停住腳步。

「……！」

迪茲奴夫就潛藏在附近。

五飛跳往旁邊的林木，守在接近比爾哥駕駛艙前方位置的粗枝上。

同時將注意力集中在四周環境。

到了這時候，五飛還是感受不到迪茲奴夫的動靜。

他可以察覺到眼前的林木在一片黑暗中搖曳，樹葉因風吹而擺動，甚至是被比爾哥嚇得向外奔逃的小動物腳步聲。

五飛一直在意自己心中的焦慮。

（我一定誤判了什麼。）

就在這時候——

正前方數十公尺處發出了奪目的閃光。

迪茲奴夫並不在那裡，是掛在樹枝上的照明彈炸了開來。

「唔！」

由於五飛的眼睛已經習慣黑暗，這陣強光可謂正中要害。

背後傳來了機械聲。

那是比爾哥的駕駛艙蓋開啟的聲音。

五飛閉著眼睛回過頭，直接擊發機關槍。

照理說，五飛射擊的位置會是比爾哥的駕駛艙附近，他卻發覺子彈反彈的聲音並不一樣。

（比爾哥轉身了。）

迪茲奴夫應該是以遙控操作方式做出了轉向的一連串動作。

在亮光熄滅，五飛的眼睛終於恢復時，比爾哥背後高機動配件的推進器已經開始噴火。

五飛只得遠離當地。

迪茲奴夫必然已經坐上駕駛艙。

原來迪茲奴夫在不知不覺中，繞了一大圈到後方。

升空的比爾哥一時停在半空中，朝向森林擊發光束步槍。

森林馬上燒了起來。

五飛從容地從森林退出。

「哼……」

確實盯著比爾哥飛去的方位後，他便以通信機具聯絡：

「是我……比爾哥已飛往山克王國灣的西南方。」

他認為自己不配了結對方。

『紅色一號坎沙報告，收到。』

回答的人是希洛。

他僅只如此回應，便切斷了通話。

這時候，特洛瓦從失火的森林中走出。

他伸手繞肩，搭著那兩名被五飛打昏的恐怖分子。

「五飛，你是故意放過他的吧……」

特洛瓦說完，就將搭在身邊的男子交給五飛。

五飛也不回話就接下該名男子，和特洛瓦一樣搭在肩上。

特洛瓦繼續說：

「你也會顧慮到別人啊。」

「我沒有這個意思……」

五飛面不改色。

「僅只是我失手了而已。」

他的表情既不後悔，也不故作得意，更不見害羞。

「那你要去追嗎？」

「不，將他們搬到防空洞為優先。」

山克王城　西側尖塔——09：55PM——

迪歐被逼到了絕望的深淵中。

圓筒型定時核子彈的解除工作已經過了一個鐘頭以上，但仍處在無法駭入內部電腦的狀態下。

內部的電腦無疑是用來停止該定時裝置而設置。

想必其中設有僅只迪茲奴夫才可解除的特殊密碼，以備逃亡失敗時使用。

停止電腦本身的運作，當然也不在迪歐的選項內。

既然準備了如此周全的陷阱，不難想見一旦停止就會馬上爆炸。

如果將迪茲奴夫帶到這裡，或許可以要他輸入電腦，但希望渺茫。

他要是來了，反而會有提早爆炸的危險性。這個爆炸裝置就是這麼令人感受到其中超乎常理的瘋狂和異常執著。

不過迪歐也沒有白白浪費掉這段時間。

他仔細調查了那遭到射穿而破碎的無線引爆按鈕電路板，在抓出其所用的頻率之後，在未實際接觸的狀態下，將手邊的電腦與爆炸裝置內的電腦同步連線。

只是當他看到出現在螢幕上的字串時便傻住了。

螢幕上出現的是完全不知所以的文字和語言，陳列的字串也沒有固定規則。

在這個情況下，就無法輸入讓電腦失靈的假程式，或延遲定時裝置的回路。

不，甚至是不能隨意觸按鍵盤。

要是至少可以拆掉振動感測裝置，那麼好歹能夠動些手腳，剪斷連上引信的線路等——

「真是的，徹底投降啦。」

內部電腦是自行寫成的程式，除了這一點，想不到其他可能性。

「這種時候，卡特爾那傢伙是跑到哪裡去啦？」

數十分鐘前，趕來這裡支援的卡特爾才一看到螢幕上的字串，就似乎是聯想到了什麼。

——我會馬上回來。

他這樣講完就立刻跑了出去。

但迪歐也沒有空叫住他。

那之後到底過了多久，迪歐也弄不清楚正確的時間了。

「啊～～～～」

就在迪歐大嘆了一口氣時，卡特爾剛好爬樓梯上來。

「久等了……我花了一點工夫才調來。」

卡特爾的兩手各挾著小型電腦和衛星通訊用天線等物品。

「情況如何？」

「被摧毀了啦，我的自尊心。」

迪歐語調淒涼地說。

「還剩下多少時間啊？老是要用內視鏡去看時鐘，有夠麻煩。」

「你沒帶自己的手錶嗎？」

「我討厭一直被時間追著跑啊……不知道丟哪邊去了。」

「手錶？」

「不是，是時間的感覺。」

卡特爾聽到迪歐這樣拐彎抹角的說法，不禁失聲笑了出來。

「差不多還有兩個鐘頭。」

刻意這樣曖昧地說完後，卡特爾便將一台舊式筆記型電腦交到迪歐手上。

「迪歐，能麻煩你修理這台電腦嗎？」

「這是什麼？」

「裡面好像是寫有一個叫作『沙姆』的ＡＩ。」

「修這種東西能幹什麼？」

嘴巴這麼說的迪歐，手則是忙不迭地開始拆解，檢查損壞的零件。

「能夠從外部連上爆炸裝置內部電腦的，似乎被設定成只有你手上的那個『沙姆』而已。」

迪歐瞥了一眼螢幕上顯示的不明字串，難掩驚訝地問：

「上面寫的，難道就是這個意思……」

卡特爾架起衛星通訊用的天線，然後說：

「嗯……雖然不能夠完全解讀，這段字串也同時用上了古代北歐文字和北美原住民所使用的音節文字。因為這兩者都是在北半球高緯度地區使用的文字，共通點並不多——」

迪歐雖然嘴上講：「是喔。」一副了然於胸的模樣，但其實不是很了解卡特爾在說什麼。

「我會從各種可能性去猜其他的關鍵字……我想應該會顯示出『沙姆』傳過去的資料。」

「問就好了嗎？還出現了什麼單字？」

「似乎全都是人名。『杰伊．努爾』、『湯瑪斯．卡蘭特』、『希洛．唯』，然後是兩位匹斯克拉福特家的人，『莎伯莉娜』、『卡蒂莉娜』……」

迪歐只知道「希洛」而已。

但可想而知，不會是那個希洛，而是那位殖民地的指導者。

「不是全都死了嗎？」

「不，其中的杰伊．努爾應該還活在世上。」

「喔……」

「還不明白嗎？就是J博士呀。」

迪歐一聽那瘟神的名字，就感到一陣厭惡。

「我怎麼有種不好的預感……」

「盡力而為吧。畢竟會這樣，都是我的錯。」

「你又在揹什麼奇怪的十字架了嗎？你根本不用介意什麼啊。」

「謝謝你，迪歐……但是我並沒有揹什麼十字架。」

「是這樣嗎？」

「嗯，因為宗教不同。」

迪歐不自覺露出了微笑。

當卡特爾還能談笑的時候，就還有希望。

「ＯＫ，就盡我的力吧。」

山克王國灣　希洛・唯——10：02PM——

「來了。」

希洛這麼說完後，雷達就有了回應，開始發出「嗶嗶嗶……」的電子音。

那毫無疑問是裝備高機動配件的「比爾哥Ⅲ」的機影。

「確定目標。」

駕駛水中用量產型ＭＳ「坎沙」的希洛，就是在等待這一瞬間。

他將後方螺旋槳的推力以最高馬力持續加速。

從深紅色機體拉出的長長白色軌跡連綿不盡，把海面劃成了兩半。

在海底前進，速度將會太慢。

所以就算被敵人發現的機率變高，仍必須在海面上全速前進。

因為距離拉得越遠，命中率就會越低。

希洛已經藉由模擬畫面預測迪茲奴夫的動向，並設想好雙方接戰的地點。

裝備在坎沙肩部的兩枚防空追蹤飛彈，當然也已經設定為能夠破壞鋼彈尼姆合金的數值。

可以攻擊的時間僅有十幾秒鐘而已。

這段時間足夠擊墜對方了。

若要說哪裡有問題，那就是比爾哥的防禦系統了。

要是對方事先發動那兩座星球守衛，坎沙所射出的兩枚防空飛彈就會在命中前遭到摧毀。

而另一個問題，則是比爾哥先發現到己方而擊發光束步槍。

＊

比爾哥駕駛艙內的迪茲奴夫已經發現坎沙。

那深紅色的機體，即便是在夜間的海上也十分醒目。

「希洛・唯嗎……」

劃在漆黑海面上的白色軌跡，正以超常的速度向前衝刺。

僅從此現象，就可以充分看出坎沙的駕駛者懷抱著深仇大恨般的敵意，張牙舞爪地撲來。

不過迪茲奴夫從容不迫。

比爾哥與坎沙的機體性能相差甚大。

他也已經顧慮到居高臨下的優勢。

「你以為在不理性的狀態下，贏得了我嗎？」

兼具偏執瘋狂和思考縝密理性的迪茲奴夫，決定展開最有效率的先制攻擊。

他鎖定了目標。

在計算路徑之下，直線前進的坎沙將會在數秒鐘後抵達預定攻擊地點。

比爾哥讓高機動配件減速後，擊發了光束步槍。

*

第一道光束命中了坎沙的推進部位。

「唔……」

希洛將操縱桿壓到底，再進一步加快坎沙的速度。

「撐住，坎沙！」

依照正常程序，應該是要減速，改變路線。

但是希洛卻硬操使坎沙，解除限制。

這是要用盡最後一絲能源的猛衝。

速度表已經升到紅色警戒區，而內部不停運轉的渦輪則是到了要燒掉的地步。

第二道光束的閃光，以些微誤差打在坎沙的後方。

一道水柱隨之激起。

坎沙僥倖躲過了一劫。

希洛的臉上看不出焦慮。

可是他的內心並不冷靜。

（我要打下你……）

若能把比爾哥拉下海，就可以用魚雷攻擊，徹底了結對方。

（我一定會把你打下來……）

*

光束步槍的射擊沒有命中，讓迪茲奴夫難掩驚訝。

他原以為就算無法擊沉，也可以迫使坎沙減速。

然而對方現在仍以超乎預期的速度持續追擊。

迪茲奴夫為之焦躁。

他覺得不可思議。

「再不確實收拾他——」

心中隨之浮現了可能反而會遭到擊墜的預感。

他再次降低高機動配件的速度。

雖然飛行高度會大幅降低，但命中率也會因此而提高。

「這次一定可以……」

他自信定能命中。

比爾哥在確實瞄準之後，連續擊發光束步槍。

光束的路徑是在預測到坎沙的加速度後，取前置量，筆直射向其前方。

因此坎沙已無路可逃。

＊

一看到這道光速的射角，希洛便即刻反應。

就機體性能而言，是不可能再加速了。

雖說如此，他也根本就不打算減速。

（如果直走會命中，那只要不直走就好了。）

這時的希洛並不迷惘。

他按下前側魚雷的發射鈕。

魚雷隨之擦著海面向前衝去。

比爾哥的光束命中了魚雷。

在海面上引起一陣大爆炸。

坎沙便乘著眼前激起的巨大水柱，飛上了天空。

位在低空的比爾哥，已在飛向天空的坎沙飛彈射程內。

希洛按下了兩枚防空追蹤飛彈的發射鈕。

*

浮上天空的坎沙，讓迪茲奴夫為之驚懼。

「怎麼可能……」

然後他目睹對方射出了飛彈。

「這沒道理。」

他急忙做出迴避動作。

高機動配件的推進器以最大馬力噴射，使機體向上升空。

*

「掌握之中。」

在落向海面的坎沙內，希洛正看著螢幕上不斷變化的數據，著手調整飛彈的追蹤功能。

飛彈在他手指精細指示下被導向比爾哥，鍥而不捨地追去。

＊

飛彈擊中比爾哥。

機身爆炸，閃光迸發。

在爆發衝擊下，迪茲奴夫意識逐漸不清。

命中的部位是高機動配件的推進部。

「……阿斯特蕾亞。」

說完之後，迪茲奴夫便隨之昏厥。

這正是啟動比爾哥的ＭＤ系統的關鍵字。

比爾哥原本開始失速。

但是處在「阿斯特蕾亞模式」的比爾哥，在墜向海面前便卸除了高機動配件，並啟動兩座星球守衛。

這對星球守衛會發出強力的電磁場，若與機身原本的推進系統併用，雖然飛不高，但要維持在半空中倒是綽綽有餘。

*

坎沙潛到了海中。

從螢幕上看到比爾哥的行動後，希洛表示：

「思考靈活。」

他冷靜地給予稱讚。

「但犯了致命的錯誤。」

然後希洛就靠向飄在海面上的比爾哥。

希洛以坎沙特徵所在，也是前側魚雷發射管的「螯」將星球守衛拉入海中。

電磁場在發出激烈的火花後，便失去了功效。

比爾哥也因此落入海中。

比爾哥的光束步槍在海中無用武之地。

坎沙的攻擊力在海中則是無人可敵。

這讓希洛有能力擺布比爾哥，並持續以魚雷攻擊。

要攻破鋼彈尼姆合金的裝甲，只有連續攻擊相同部位，或是引發內部爆炸。

然而「阿斯特蕾亞模式」的比爾哥也並非毫無抵抗。

魚雷的彈數只剩下最後一發，但仍然未能給予對方關鍵的一擊。

另一方面，比爾哥在其腰部裝配了追蹤飛彈。

但當此飛彈艙蓋開啟時，發生了爆炸。

之所以爆炸，是因為五飛在岸邊森林時安裝了引爆裝置。

這種裝置只是種簡易的機關，五飛從打倒在地的士兵身上搜出炸彈，隨後便裝設在彈艙外，要開啟時就會立刻引爆。

而這陣爆炸引爆了內部的飛彈，使得比爾哥的整個機身自內而外產生龜裂。

這令希洛出言抱怨了如此顧慮自己的五飛：

「施捨過頭了！」

坎沙射出最後一發魚雷。

這發魚雷在命中了比爾哥的駕駛艙後，發出大爆炸。

機體殘骸隨後便沉入海底。

「任務……完成。」

希洛轉而確認已然殘破不堪的坎沙機體狀況。

「駕駛艙電動鎖故障、推進部停止運轉……還可以用浮標上升，但無法離開目前所在位置……」

山克王城　西側尖塔——10：55PM——

迪歐已將那台舊式筆記型電腦修理完畢。

螢幕上雖然仍有裂縫，但一隻小小的挪威森林貓已然躍現在畫面上。

「你就是『沙姆』啊？」

沙姆小聲地「喵」了一聲。

迪歐便嘗試以手邊的無線通訊型電腦和沙姆同步連線。

接著就突然開始高速運算，先前意義不明的字串，一會兒便翻譯完畢。

迪歐開始從翻譯完的字串尋找可用作停止程序或解除用密碼的部分。

雖然他已拚了命地檢查，卻仍找不出類似的資料。

迪歐半開玩笑地說：

「喂，沙姆，可不可以告訴我啊……你有這個爆炸裝置的解除密碼對吧？」

「…………」

沙姆沉默了半晌。

接著便「喵」一聲，在螢幕上顯示出「ＹＥＳ」。

迪歐不禁將身子往前一探，再繼續問：

「那密碼是什麼？」

但沙姆只是「喵喵」地叫，畫面上並未顯示文字。

「不要講貓話，講人類可以懂的話啦。」

迪歐雙手合十地拜託，但沙姆仍然只是「咪」或「喵」地叫著。

「我知道關鍵字了。」

在背後說話的，是手上拿著通訊螢幕的卡特爾。

「真的嗎？」

「可是……」

「又怎麼了？」

卡特爾露出哀愁的表情。

「我和博士聯絡上了。」

他將通訊螢幕擺向迪歐。

J博士就顯現在螢幕上。

『嗨，好久不見啦，迪歐．麥斯威爾。』

「我可是一點都不想看到你們的臉啊。」

『彼此彼此……這且先不管，我先告訴你密碼吧。就是「PEACECRAFT×2 HEERO YUY」啦。』

「有了這個就——」

迪歐立刻就要動手輸入密碼。

不過J博士又像是臨時想起地說：

『啊～差點忘了，這道密碼在解除爆炸裝置的同時，還會啟動「完全和平程序P・P・P」。』

他若無其事地繼續說：

『最重要的是，就算給你輸入也沒有用……密碼要由匹斯克拉福特家的人輸入才行。』

「這種事一開始就要說啦！」

『那我就從頭說起吧……原本那個「沙姆」和「P・P・P」是我的老朋友所開發——』

迪歐只得洗耳恭聽J博士又臭又長的說明。

總而言之——

夢想要杜絕戰爭的湯瑪斯・卡蘭特，開發了「完全和平程序原型P・P・P・P」。

那是種當人類開始戰爭，就會有數百萬單位與之相關的人死亡的程序。

其初步工作是電腦恐怖行動，要駭入聯合軍的軍事電腦。

但是後來卻不了了之。

戰爭行為其實很難有個明確的界定。在許多情況下，老百姓和軍人是難以劃分清楚的。既然如此，人類並不是神，要讓人運用此程序會是極其危險的事。

幾年之後，發現此資料的卡蘭特胞弟坎斯，想要用在殖民地獨立運動上。

事先知道此事的領導指希洛．唯，便請求J博士動手封印程序。

J博士為了讓程序絕對不會運作，藉由量子電腦讓原本就牢不可破的保全還會隨時間成長，且設定成僅限真心祈求和平的家族：匹斯克拉福特家之人才可解除。

那已經是二十七年前，AC170年的事了。

此程序本來會慢慢消失在世界上。

但是想要利用此程序的迪茲奴夫．諾恩海姆改寫了程序，創作出會感應醫療用奈米機械的強制服從系統。

如果解開了這道密碼鎖，固然是可以阻止核彈爆炸，但也將會使「P．P．

P」在日後啟動，全世界的奈米機械將因此而失控，殺死大量的人類。

『——所以說，絕對不能讓「P．P．P」啟動。話說回來，在莉莉娜．匹斯克拉福特還未恢復意識之下，也什麼都動不了。』

迪歐這下才了解卡特爾為何會露出憂鬱的神情。

「真的沒有辦法了嗎？」

J博士搖了搖頭。

『沒法子了……請你們在那邊等死吧。』

「喂，給我慢著！這可不是在開玩笑！」

『開玩笑的，不用擔心……要留在城內的人，連你們在內，不到十個人吧？逃到地下的防空洞去就可以了。雖然山克王國會消失，但那也是沒辦法的事。』

卡特爾接在J博士的話下，補充說明：

「搭乘了人質的客輪，只要一個鐘頭的時間就可以駛到山克王國灣外。市區的居民也已經完成避難行動，損害將會縮減在最小範圍內。」

「這話一點也不像你，不要說了！那是以人命而言吧？自然和周圍環境呢？生態呢？二次傷害也並不簡單吧？」

「對，你說得沒錯……但也不可能選擇會有大屠殺情況發生的未來。」

「那也是沒錯啦。」

這項決定令人無法苟同，卻也只能同意卡特爾所說的。

「……我們又輸了呀。」

直到最後都不願意放棄的迪歐，也已經做好接受這個決定的覺悟。

雖然習慣了——

卻不想習慣——

這次的敗北滋味實在太苦澀。

「山克王國……是個好國家啊……」

就在這時候，莎莉傳來了聯絡。

她表示莉莉娜已經恢復意識。

雖然她才剛動完手術，但聽說她迫不及待地想要知道目前的狀況。

於是迪歐和卡特爾便交互為她說明，並提出剩下的最後手段。

專業範疇則由Ｊ博士補充。

令人驚訝的是，把話聽完的莉莉娜並未感到動搖。

當說明結束後，她緩緩抬起頭來，其眼神堅定不移。

『希洛呢？他現在在哪裡？』

莉莉娜聲音沙啞地問道。

卡特爾難過地回答：

「據報告，他在打倒迪茲奴夫之後，仍然和坎沙在海裡……因為推進部位遭到破壞，無法移動。」

『你們已經有人去救他了吧？』

「不，目前沒有船舶和飛機可用。」

『核彈爆炸的影響範圍呢？希洛那邊的海面是安全的嗎？』

卡特爾無法回答莉莉娜的問題。

因為要說出的話太過悲傷，充塞在胸口，無法言語。

迪歐便代替說不出口的卡特爾回答：

「他目前所在是山克王國的內灣，而且駕駛艙蓋還故障了……真的是很遺憾……但那小子已經無法救了。」

莉莉娜聽完之後，似乎有了什麼覺悟。

『這樣子啊……』

待沉默半晌，她請大家都到她的病房去。

山克王城　二樓　簡易醫療室——11：27PM——

莉莉娜端莊地挺起胸膛說：

「J博士，之前問你的時候，你說過『星星王子』已經完成了是嗎……」

通訊螢幕上的J博士領悟到她話中的深意，支支吾吾地說：

『……嗯，二號機「睡美人」也要完成了。』

「用那個的話，不是可以延遲『P．P．P』啟動超過百年嗎？」

『成功率大概五成就是了……』

J博士雙手抱胸沉思，忽然又一陣竊喜。

『但不失為好方法。將核心奈米機械與小姐身上的相連結，便可望增加未來的機會……』

「那就讓我去輸入密碼……請把沙姆交給我。」

這或許是個苦澀的選擇，然而莉莉娜並不迷惘。

不管是迪歐還是卡特爾，都無法推翻莉莉娜的決心。

他們只能照她的意思做。

舊式筆記型電腦擺到了莉莉娜的面前。

「我是莉莉娜・匹斯克拉福特。」

她輕柔地撫摸電腦。

「沙姆……要麻煩你了。」

『喵。』

沙姆的叫聲聽起來似乎帶著悲傷的感覺。

就在這時，有訊號從其他頻道傳來。

訊號用的是ＯＺ線。

螢幕上出現了正在懊惱過失的希洛頭像。

冰冷的海風吹亂了他的頭髮。

『住手，莉莉娜……』

他難得發出急迫的語氣。

『妳不可以恢復成匹斯克拉福特！』

「不，希洛……」

莉莉娜正眼表示：

「這是我們唯一可以活下來的辦法。」

『莉莉娜，不用管我。』

——反正生命是廉價的……

特別是我的——

或許希洛接下來要講的，是他經常掛在嘴上的話。

莉莉娜卻將其打斷。

「希洛，你錯了……你應該要更加看重自己的生命。」

希洛沒有回應。

「你並沒有全力為自己的人生活過。」

希洛無法否定。

「你要繼續活下去……有一天，請一定要為我展現你靈魂最閃耀的一刻。」

希洛吞吞吐吐地，將話說出口：

『妳說的……是任務嗎？』

「是我的願望。」

說完之後，莉莉娜就切斷了視訊。

「我不告別，因為我相信我們一定會再見面。」

然後就用她纖細的手指輕觸鍵盤，對著沙姆輸入密碼。

「PEACECRAFT×2 HEERO YUY」——

就在爆炸時間的三十分鐘前，核彈爆炸裝置被解除了。
同時也啟動了「Ｐ．Ｐ．Ｐ」。

＊

正處春季的山克王國度過了黑夜，來到黎明。
ＡＣ１９７年的四月九日，就在苦惱之中結束。
希洛一行五位前鋼彈駕駛員往後的消息，無人知曉。
目前地球圈仍維持在和平之下。
然而，和平也只限於地球圈而已。在遙遠的火星上，「歷史」的齒輪才正要開始失常。
這點從探索山克王國灣海底的預防者調查隊報告中所言，始終未能發現比爾哥Ⅲ的殘骸也可看出端倪——

——附註——

莉莉娜．匹斯克拉福特在躺入冷凍冬眠艙「星星王子」的過程時，不曾回過頭。

或許她的淚水早已冰結。

她只是緊緊地將那泰迪熊抱在胸口。

而那是希洛送給她的寶貴回憶——

寂寥的狂想曲

MC檔案5

「狼才不可怕呢。不管是《彼得與狼》、《三隻小豬》、《狼和七隻小羊》、《小紅帽》，狼都被打敗了嘛。」

「《狼與牧羊人》就不是喔。」

「那個故事是糟糕在主角一直在『說謊』，狼又不厲害。」

「也是，不可以『說謊』……那你知道芬里爾嗎？」

「不知道……那也是狼嗎？」

「嗯。在北歐神話裡出現的狼，叫作芬里爾，是牠解決掉最強的天神奧汀喔。很厲害吧？」

「那以後我講狼時，就是講那個芬什麼的囉。」

「芬里爾啦。」

「芬里爾……芬里爾……我會記住的。」

——MC-0018 Schbeiker church
Duo & Naina

MC-0022 NEXT WINTER

和平主義去吃屎吧！
人類就是非戰不可。
必須藉由不斷地戰鬥，讓那些過慣和平生活的傢伙和戰爭狂知道自己是多麼地脆弱。
這不是什麼憎恨心理。
我不需要尋常人的生活。
也不會好高騖遠地想要什麼歸所。
能撐過餓了一整天的肚子，今晚有個睡覺的地方，也就夠幸福的了。
正義這種事跟我差太遠了。
這世上根本沒有什麼神。

我也不需要家人朋友同伴同儕。

一個人就可以生活。

話又說回來，將什麼主義主張的全部搞在一起才是危險呢。

上面的人聲稱的歷史、思想、教義啊，全都是騙人的東西。

要是將自己託附在那種東西上，只會讓自己遭到踐踏，我就不再是我了。

只為自己所想所感覺到的而戰。

我覺得這樣就夠了。

反正我也是僥倖活到現在。

死在戰場上，算是剛好了結我的心願。

啊，我知道啦。

一定會有人想要說，我是個笨蛋吧？

我？

我是隻「披著惡魔皮的狼」。

雖然其他人全都叫我「迪歐·麥斯威爾」，但要一一糾正他們也很麻煩，我就順勢叫這個名字了。

這顆火星的兩大勢力：火星聯邦和拉納格林共和國，目前正在交戰。

而地球方面的組織預防者則是哪邊都不支持，兩邊都去叫陣挑釁。

我好像是成了這個預防者的一員，但其實我又不是很了解，也不想要了解。

管他是滅火的還是點火的，我就是覺得事情鬧起來很有趣。

說穿了，不管是火星聯邦政府的莉莉娜·匹斯克拉福特還是拉納格林共和國的傑克斯·馬吉斯，都只是個硬把自己的想法強壓在別人身上的臭傢伙罷了。

是對是錯，我只要嗅一嗅味道就可以大概知道。

要我用腦袋理解，那不如用鼻子聞還比較正確呢。

嘿，不管怎麼說，我只是討厭用一些拐彎抹角的大道理欺騙自己。

當冒牌神父的臭老爸老是這樣跟我說——

——用感覺行動！不要用你那不中用的腦袋瓜想些有的沒的！

好笑吧？哈！我或許是個小鬼，但我可認為自己跟那些臭大叔已經動脈硬化的腦袋瓜應該沒什麼兩樣，但我沒有說出來就是了。

這幾個月下來，拉納格林共和國的勢力範圍向外大幅擴張。

自從火星聯邦提出「完全和平主義」的理想之後，對於拉納格林的侵略行動近乎是毫無防備。

要是我那臭老爸，一定會說：「沒有實力的外交，就跟『畫出來的漢堡』一樣，沒有實質填飽肚子的作用。」我也是這樣想。

真的漢堡會散發出香噴噴的氣味，但畫出來的漢堡就只有顏料的氣味而已。

「外交想要談得好，唯有自己具備相抗衡的實力才行。」

說得沒錯，我同意。

雖然我老說臭老爸是冒牌貨，但他就是夠厲害，能夠在這顆火星上四處遊蕩。

「喂，笨兒子。」

臭老爸總是這樣叫我。

「我們有沒有什麼事是靠溝通之類的方式來解決的？」

「沒有。」我這麼回答。

在我們四處漂流的時候，大概都是以爭吵的方式來籌得食物。

在休拜卡教會那陣子是不用爭吵。

但那只是因為怕中了希爾妲修女恐怖的鎖喉招式而已。

終究是靠實力才有和平。

也罷，這種故事就先不提了。

我想要說的是——

不管是以多麼高尚的言論占了上風，只要被人家開一槍，那就玩完了。

就是這樣。

——一旦放任自然或是本能，人類一定會走入戰爭狀態。人類就是這樣。

臭老爸這樣說過。

更別說這裡是「戰神的星球」，我覺得會這樣也是理所當然。

在高舉非武裝的火星聯邦中，唯有娜伊娜姊一派以他們微小的力量在抵抗。

主要戰力為無人兵器的區區聯邦軍，根本沒什麼用處，而且還明顯一副怕事的樣子。

這種傢伙有跟沒有都一樣。

嚇不了人，只能擺出來做個樣子而已。

事實上，用芥末和美奶滋做成的番茄三明治還比什麼和平主義要實在多了。

不管是誰，都講得出那些愚蠢到不行的空口白話。

如果真的要談和平，最好要有相當的心理準備。

就這點來說，溫拿家的千金叛逃到火星聯邦的「匹斯克拉福特」，我覺得也沒有哪裡不對。

但對於他人的挑釁，我們一向來者不拒。

所以就這樣上陣了——

現在可不是在埃律西昂海下面碎碎唸的時候。

無論如何，我都要帶著夥伴「魔法師」一同闖進莉莉娜市才行。

駕駛艙內一片陰暗。

而且還有種生鏽的味道。

並不是我的夥伴生鏽了。

這是滲透自這片埃律西昂海的獨特氣味。

越過螢幕看到的外部景象，就像是番茄醬摻到了西洋菜馬鈴薯濃湯中似的，是一片深褐色的泥巴液體。

是火星的紅沙，加上了歐羅巴藻形成的顏色吧。

這顆行星的海洋都是這般混濁。

也只有「拉納格林海」還算清澈。

那裡真是美麗。

隨風飄來的潮水氣味更是絕妙。

清爽的感受，彷彿春天的草原香氣。

有種享受日光浴般的溫和感。

我很喜歡那座小小的港都。

雖然現在已經消失了。

我討厭海……不，是討厭在水裡面。

會令我想起不願意想起的事物。

雖然說人的「記憶」很寶貴。

我已經過了福雷克拉弗群島，但目前仍然未遇到攔截。

畢竟不會有哪個笨蛋想在這種地方打海中戰吧？

我明白「修富克２」已被帶往火星聯邦的埃律西昂島。

因為我在浮出水面時，親眼看到了。

那艘船裡的人，記得是前輩（希洛·唯）、一個打扮年輕，叫作W教授的中年男子、名稱是T博士，高個子的大叔，還有凱瑟琳（叫她阿姨，我就又要等著被揍了……不過我人在這邊，也沒必要顧慮什麼啦）四個人。

我可是一點也不想去救他們那幾個機組員。

誰理他們啊，才不關我的事。

根本是束手就擒的一群廢物。

我跟夥伴順著疾速的噴射洋流，就可以一口氣到達埃律西昂島的沿岸附近。

順勢登陸後，趁著黑夜抵達莉莉娜市，我就可以攻進總統府。

目標就只有莉莉娜．匹斯克拉福特一個人。殺掉那個自以為了不起的女總統就行了。

這樣一來，不管是卡特莉奴還是娜伊娜姊，就都會放棄那什麼和平主義了吧。

雖然說殺死了那個總統後，包含臭老爸在內，不知會有幾億人都會死掉，但我才不在意呢。

再怎麼說，人類實在太多了。

只要讓數量減少後的人類再重新建設火星就好了。

或許這樣做很瘋狂。

但勢在必行。

殺了莉莉娜之後，接下來就是傑克斯。

拉納格林共和國的傑克斯上級特校是個怨念的化身。

只是為了恨意和報仇心而挑起戰端。

要是放著那傢伙不管，他不無可能會打出「為正義而戰」的名目，把人類全給消滅掉——

就在我浮出海面時，傳來了通訊訊號。

『這裡是舍赫拉查德……『魔法師』請回答。」

海面上已經是即將黎明的時間。

太陽光已經微微露出東方的水平線。

類似鐵鏽的味道已略微淡去。

「嗨……找我有什麼事嗎？」

『W教授有話要告訴你。』

出現在螢幕上的，是戴著針線帽，叫作什麼弗伯斯的傢伙。

『博士他們已經變成人質，要去救他們，先跟我們會合，會合地點是——』

我自作主張地打斷了還在繼續說話的弗伯斯。

「這種事情，你們自己去幹啦！我有我要做的事！」

『收到。』

弗伯斯馬上就同意了。

『通訊完畢。』

並自己切斷了通訊。

真是個乾脆的傢伙。

不，是乾脆過頭了。

一股火藥味撲鼻而來。

我心中閃過「被狙擊了！」的預感。

「但對方在哪裡？」

螢幕上已經可以看到埃律西昂島的身影。

還相距約二、三公里。

我把畫面放大，查看島嶼的稜線。

這時候，正面發出了一道微小閃光。

就在一道峭壁上。

光芒瞬間就朝向這裡射來。

已經沒有時間閃避。

那看起來像是一隻鳥。

待更加靠近之後，便看出那鳥是隻帶著白色光芒的巨大烏鴉。

「不會吧……」

周遭突然像是刮起一陣大風暴。

我勉力地想要讓夥伴保持穩定，卻還是因為出現的幾道龍捲風而被捲了進去。

機體被捲上天空。

漆黑色的龍捲風緊纏著夥伴。

「別鬧了！」

我認為這是種幻影。

我猜想是中了自己所擅長的奈米機械式破壞攻擊。

但我錯了。

夥伴和我被龍捲風拖往埃律西昂島的陸地。

而龍捲風一平息，我們就被拋落至地面。

地點是崖邊的一塊沙灘。

我好不容易換成了手動式的姿勢控制方式，損傷才不大。要是換成一般人，可就免不了因為激烈撞擊而當場死亡了。

但就算這樣，因為駕駛艙的劇烈搖晃，我的後腦杓和下巴還是飽受撞擊。

「好痛……」

『果然厲害呢，迪歐。』

耳朵傳來了莫名溫和的聲音。

『剛剛那是「七個小矮人」的黑色。』

崖上正站著套了一件白色斗篷的「白雪公主」。

其手上正拿著大型的弩，下一發已經箭在弦上。

通訊人是W教授。

看來他正坐在那架白雪公主的駕駛艙內。

『那發攻擊的特性就是「風」，在那樣的狀態下還能夠控制住姿勢，令人佩服。』

這個人恐怖的地方，就是表情上雖然和善，其實卻懷抱著真切的敵意。

映在螢幕上的那對藍色眼眸不帶絲毫猶豫。

從他的款語溫言中，我能感受到帶有獨特的火藥味。

這樣的人在變成對手時就麻煩了。

『這次是「七個小矮人」的白色……躲也沒有用喔，因為威力和範圍比起剛才的黑色還要大。』

「喂喂喂～」

我開始說明自己先前的狀況給他聽。

其實我不想講，但仍必須說給他知道。

「我這段時間一直在作戰耶……根本沒有好好休息過。」

然後便開始屈指計算自己在坐上夥伴之後交戰的對手。

「溫拿家小姐控制的馬格亞那克隊四十架、拉納格林的比爾哥三架和次代鋼彈、聯邦軍的輕型空戰機五百架，然後是『冷血妖精』十二架和普羅米修斯！我這一路上可是跟他們紮紮實實地交手耶！」

光是回想起來就令人想吐。

『全部五百五十七架嗎……沒什麼了不起。』

後面傳來了弗伯斯的聲音。

我和夥伴的背後已在不知不覺間讓他給控制住了。

這傢伙的行動無聲無息。

『而且也不是只有你一個人在應付吧？』

舍赫拉查德出現在後螢幕上。

其機體外披著一件發出七彩光芒的披風，從縫隙中約略現形的裝甲，許多地方都還暴露著尚未完工的內部構造。

真令人感到詭異。

就算顏色是透明的，但不可能連氣味都是透明無味吧。

雖然我只有看過設計圖，但那架機體肯定跟我夥伴的系統一樣，採用的是「鋼彈型」。

我對弗伯斯說：

「把別人的話聽完嘛……我要說的是──」

我不是要對他發牢騷。

只是想爭取時間而已。

我忙不迭地動手操作面板的戰鬥模式，同時繼續說：

「──我已經累透啦，可以說是到極限了吧……說實在的，已經沒有那個閒情逸致能對你手下留情了啦！」

我從黑色的披風下拿出光束鐮刀，一轉身砍向舍赫拉查德。

絕對是一刀兩斷。

我如此認為──

『看來你是真的累了……動作很好預測。』

弗伯斯說出這句話的聲音來自前方。

舍赫拉查德就站在「魔法師」的正面。

『不過你說不會手下留情，應該只是虛張聲勢吧？』

「你……你這傢伙……」

我以為沒有機體可以在近身戰中超越我這夥伴。

我是這麼以為，但弗伯斯操控的舍赫拉查德卻閃過了夥伴的光束鐮刀刀鋒。

那架機體絕對已經在光束鐮刀的圓周半徑內。

想得到的可能，就是對方逃到了刀鋒揮砍的反方向。

如果是這樣——

我滿懷憤怒地將光束鐮刀由下往上猛揮。

就算對方的橫向運動能力敏捷，也不可能應付得了直向。

我看起來已經將對方切成兩半。

但只是看起來，那架舍赫拉查德是個殘影。

對方已掌握到圓周的外緣所及，早跳出一步之外。

「竟敢耍我！」

我從披風下再抽出另一把光束鐮刀。

同時操縱夥伴，向前衝去。

用了二刀流，不管是橫向還是直向都無路可逃了吧。

而且速度很快。

我右手的光束鐮刀由上往下砍，左手的光束鐮刀則是水平揮砍。

舍赫拉查德拿出了一件匕首狀的東西。

接著就往十字交錯的兩把光束鐮刀的中間處刺出，單手就接住兩邊的力道。

火花劈里啪啦地爆了開來。

像是煙火放完後的煙硝味則是從眼角傳來。

『這把葉門雙刃彎刀是「ＭＧ合金製」……』

螢幕上的弗伯斯正一派輕鬆地為這把匕首作說明。

『比鋼彈尼姆合金更輕、更堅固……』

難以置信，我夥伴的力道居然比不過對方。

壓制不了。

但我仍然假裝老神在在。

「哦~是嗎……那麼，這個『ＭＧ合金』的Ｍ是指火星的Ｍ嗎？」

『不，是瘋狂（MAD）的Ｍ……』

我算是很瘋了，這小子卻更偏激，真是個瘋子。

『近身戰的話，應該是你的機體最厲害。』

「那你的機體又怎麼樣？」

話才說完，夥伴的右手掌就被砍斷，面板上亮起「右機械手異常」的警訊。

我感到有股冰冷感強烈地刺激鼻子。

『舍赫拉查德是架擅近身戰——不，是貼身戰的機體。』

一股寒意從背後油然生起。

我決定暫且撤退。

雖然我也想過以奈米機械產生的幻覺操弄對手，但周遭如此明亮，成功機率並不高。

而且夥伴身附的奈米機械，數量也減少了許多。

前一場戰鬥時用了太多。

話說回來，仔細一想，對手既然也裝備了附有奈米機械保護膜的披風，大概也不用期待會有什麼效果了。

我和夥伴憑著蠻力，一舉撞開舍赫拉查德，然後就立刻溜之大吉。

再打下去，夥伴就要被拆得不成人形了。

沒錯，並不是破壞，而是更有遭到拆解的感覺。

我心中浮現一股在暴風雪中迷失道路的心情。

那是種難以言喻，像是野性直覺發揮作用所感受到的不祥預感。

崖下的沙灘為南北走向。

我不顧一切地往北奔走。

就逃避「白雪公主」的狙擊而言，往峭壁方向逃會是最佳選擇。

我記得舍赫拉查德的機動力應該是低於我的夥伴。

我逃到了沙灘的最北端。

海邊傳來海浪拍打崖邊的聲音。

有股鐵鏽的味道。

就在我認為逃到這邊已然安全，停下腳步時——

『跑得真是快呢……簡直就像隻狗狗。』

弗伯斯的聲音聽來近在咫尺。

有雪的味道……不，是冰的味道。

我一回頭，果然看到舍赫拉查德就站在一旁。

這令我想起臭老爸在我背後抽著香菸的時候。

我一股怒氣湧上心頭。

便大聲喊道：

「誰是狗狗啊！」

我和夥伴往南向一跳。

這次還用上了肩部推進器，以數倍於方才的速度逃走。

這傢伙還真是讓人討厭到極點。

居然敢用「狗」來稱呼我。

我可是「披著惡魔皮的狼」啊。

沒錯，我是狼。

在我背後的那條長辮子，就是那高傲孤狼的尾巴。

以前娜伊娜姊也這麼說過——

——真帥呢，迪歐！從後面看你跑步的樣子，簡直就像是出現在神話中的「芬里爾」。

敢叫我狗狗，不可原諒。

我在心中對自己如此說道。

沙灘的最南端已在眼前。

然而卻有人搶先一步站在那裡等著。

我們停下了奔跑的腳步。

帶著鐵鏽味的海風吹拂著我們。

在那裡的，自然就是——

『怎麼了？狗狗跑不動了嗎？』

舍赫拉查德和惹人厭的傢伙已等在前面。

我突然有種整個人要癱軟下來的感覺。

『一定是迪歐肚子餓了吧？』

W教授的「白雪公主」不知不覺已從崖上下來，站在其身旁。

我怎麼會沒有察覺呢？

火藥的味道已經消失了。

話說回來——

為什麼我夥伴的機動力會輸給舍赫拉查德啊？

我不能接受。

肚子餓了——一定是這樣。

當然是這樣。

對呀，從吃完娜伊娜姊的三明治之後，我就再也沒吃過任何東西了。

「好啦……」

我不再勉強自己。

「我幫你們啦……」

肚子餓、睡意跟之前累積的疲勞感一下子反撲上來。

之後，他們好像還陸陸續續說了些什麼，但我記不清楚了。

我在不知不覺間睡倒在駕駛艙內。

我夢見了小時候。

內容肯定跟平常夢到的沒有兩樣，我卻連夢境也記不清楚。

因為「嗅覺記憶」是拉納格林的港都，所以我想一定是小時候的夢。

搞不好我還說了「芬里爾」或是「娜伊娜姊」的夢話呢。

在半夢半醒間的我向上天禱告，希望那些人沒有聽到我那些話。

慢著，我那時候真的有好好向上天禱告嗎？

該不會我求的人是那個臭老爸吧？

我時常在無意識間脫口說話，我自己都覺得很傷腦筋。

在披著惡魔皮的狼心中，潛藏了一隻被小雨淋得全身溼透的小野狗。

這點絕對不能讓別人知道。

當我醒來時，已經是黃昏時刻。

W教授已經修好了夥伴的右手掌。

仔細想想，著手組裝這架機體的人正是他。

我想那點損壞對他而言，應該只能算是早餐前的準備吧（註：比喻事情簡單的日本說法）。

雖說時間上是晚飯之前就是了。

當我懶散散地一出駕駛艙，W教授就向我搭話說：

「嗨，睡醒了嗎？」

一股香味撲鼻而來。

「弗伯斯正在調理美味的佳餚，一起來吃吧。」

W教授引我到營火旁邊。

「有兩點要訂正。」

弗伯斯拿起插在營火旁的烤肉串交給我，開口說：

「這只是拿現地取得的材料烤出來，並不能稱上『美味的佳餚』。」

我不發一語，張口吃肉。

味道像是螃蟹，但又有微妙的不同。

「喂，這是什麼肉啊？應該不是螃蟹，是蝦子嗎？」

「呵呵呵……最好不要知道，這樣才會覺得好吃。」

W教授從口袋內掏出了某種膠囊服用。

他似乎不吃我和弗伯斯在吃的食物。

「另一點的訂正是？」

W教授喝完了馬克杯的水之後，向弗伯斯問道。

「我已經不是特洛瓦・弗伯斯。一定要叫的話，叫『無名氏』就可以了。」

還真是個怪人呢。

不過如果這行得通的話，我也想改名。

「喔，那不好意思，我也不要用迪歐了。我叫作芬里爾！芬里爾・麥斯威爾！是披著惡魔皮的狼！」

「狗狗比較適合。」

無名氏插嘴。

「狗狗・麥斯威爾……很適合呢。」

W教授為之噗嗤一笑。

「還真是沒辦法給兩位及格呢。就照之前的不好嗎？對自己的名字，多少有點自信吧。」

我沒有回答。

無名氏似乎也無法接受。

「喂，要不要來做個約定啊？」

我對著無名氏的耳邊輕聲說：

「我們兩個就互相叫對方芬里爾跟無名氏吧。」

「……我會考慮。」

好冷淡的回應。

看來是一定要把我當狗就是了。

果然是個討厭的傢伙。

寧靜的夜晚。

海風由鐵鏽味轉成了機油的味道。

因為白天有睡過，所以就由我站哨。

其他兩人則是在各自機體的駕駛艙內睡覺。

好無聊的巡邏。

位於埃律西昂島上的聯邦軍，連一架裝備了含有隱身功能的奈米保護膜的披風都沒有。

聽無名氏和W教授說，普羅米修斯那件深綠色的披風，也已經被白雪公主的「七個小矮人」給燒掉了。

也就是說，如果有聯邦軍靠近，這邊啟動的索敵探測設備一定會有反應。

根本就不用人站哨。

不過我還是自願站哨。

反正也睡不著。

到了這個地步，也沒想過要逃了。

若再獨自行動的話，我覺得一定會被這兩人妨礙。

我想說，至少也去搭救那個不講話又不親近人的前輩吧。

雖然我怨言很多，但對那個叫希洛·唯的技術倒是無話可說。
在我目前遇過的傢伙中，可以歸類在最強的裡面。
那位前輩身上還莫名地有種悲傷的味道。

我這個人一有空閒時間，就會想要修指甲。
我是喜歡玩機械，但指甲就是會因為油或塗裝等關係而髒掉。
這點我可無法忍耐。

所以會以心愛的指甲刀和銼刀細心修整。
這種摩擦熱的味道，就像是從宇宙進入大氣層時的味道。
在臭老爸訓練我的時候，就已經體驗過這種感覺好幾次。
雖然並不喜歡這種味道，但也不討厭。
修了幾分鐘之後，指甲展現出像是珍珠般的光澤。
話先說在前頭，我可沒有擦什麼指甲油喔。
就算我綁了辮子，還是個男生。

而且我受不了那種塗料的味道。

絕對沒辦法接受。

因為夥伴有著「魔法師」這種怪名字，我也就學著玩了一些魔術把戲當興趣。

所以我對指甲很小心。

就在總算修到自己滿意的光澤感時，突然感覺到崖上有動靜。

我有不好的預感。

出現了添加劑和化合物的味道。

索敵雷達並無反應。

紅外線感測也沒有變化。

目前沒有吹沙塵暴，所以也沒有出現磁力異常的現象。

索敵感測裝置的運作是正常的。

但是我的不好預感從來沒有失誤過。

而且這般緊張的氣氛，肯定是有危險逼近的訊號。

我按下通訊按鈕，小聲說：

「無名氏、教授……快起來。」

兩人立刻清醒。

「情況好像不對勁……」

我一說完，W教授就笑答：

「看來是來迎接了。」

「迎接？」

我回問道。

W教授雖然眼神認真，卻語帶笑意地說：

「嗯……我的妹妹、迪歐的姊姊，還有弗伯斯的情敵……」

聽完後，我實在有許多話想要反駁，但還是先不理會。

副螢幕上的無名氏，表情看來也是這般感覺。

崖上出現了三架有人型的Mars Suit。

其臉部的外形是以撲克牌的花色為象徵。

紅心、黑桃、梅花。

並且都發出詭異的光芒。

機體本身的輪廓，則是像許久以前的ＭＳ「里歐」。

雖然我覺得在這火星大地上，並不顯得那麼堅固。

不，既然交戰對手是我們的「鋼彈型」機體，就算有那樣的裝甲，我看也是行不通的吧。

況且要與拉納格林的「比爾哥」和「次代鋼彈」交手的話，自然要有那樣的程度才行。

此三架的正中間是紅心女王。

之前曾經看過，是娜伊娜姊的機體。

不過這晚披的是紅色斗篷。

下襬則是以優雅的金色裝飾。

所使用的材質，很可能是跟帶有隱形功能的奈米保護膜披風一樣。這樣就能說明為什麼會沒有出現索敵反應。

而在右邊的是黑桃國王。

左邊則是梅花小丑。
左右兩邊的Mars Suit均纏有長長的紅色圍巾。

戰場上只有兩種人。
被殺的人，活下來的人。
兩種人都是痛苦的。
被殺的人，因為等於是「人生的完結」，一定是不幸的吧。
不可能幸福。
雖然我沒死過，其實不是很清楚。
雖然不在現場，但亡者的家人和認識亡者的人，想必也會感到痛苦吧。
以我來說，是覺得就算我死了，也沒有人會替我感到悲傷，所以無所謂啦。
另一方面，活下來的人則必須承擔戰場死者的精神繼續活下去，這自然也是很痛苦的事吧。
戰爭是無以矯飾的殺戮行為，也因此，似乎會讓內心承受到極大的負擔。

不能有此覺悟的人，只能四處逃竄。

我也不是已經麻痺，而是刻意不去理會精神還有內心負擔那些東西。

不過我至少覺得自己有所覺悟。

想必身邊的無名氏和W教授也都一樣吧。

正面螢幕上顯示著以紅外線望遠鏡掌握到的三架Mars Suit。

其後的夜空中，朦朧的星星正綻放著不起眼的光輝。

「聽著，我們現在有三條路。」

副螢幕上的W教授對我們說：

「一條是打倒那三架Mars Suit，然後直接硬闖莉莉娜市，救出人質。」

除此之外，還有什麼可以做的？我心中抱持著疑問。

要救出前輩，也只有這個方法了吧？

「另一條是維持中立立場，在安全地點旁觀拉納格林共格國派出的比爾哥登陸部隊和他們交戰，不予理會。然後就跟第一條路一樣。」

W教授居然不當一回事地這樣講，令我驚訝。

「你說有登陸部隊？」

操作面板的索敵雷達上沒有任何反應。

夜空和海面上都仍然一片平靜。

「有的話，到底在哪裡呀？」

我驚訝地問道。

「因為還在索敵範圍外……目前在東南方20公里左右外的海面上。」

「為什麼你會知道？」

W教授若無其事地回答：

「如果我說是宇宙之心——你大概也不會接受吧。」

他的嘴角頓時微微上揚。

「總之，只是個單純的推測。我想迪歐你應該也馬上就會發現了。」

W教授的表情雖然看起來是露出善意的微笑，但我總覺得也像是在嘲笑我。

「重點是那些Mars Suit並沒有發現我們就在這裡。我們受到遮蔽，在崖上是看不到的，不會有能比我們更早查知的方法。」

「那你剛才說的『來迎接』是什麼意思？」

「喔，抱歉，我剛才是說來迎接『我們』嗎？」

「不，是沒有那樣說。」

實際上，這只是我偶然嗅到奇異的氣息而先一步發現了Mars Suit。娜伊娜姊不可能有本事探查到，穿上了附有隱身功能的奈米保護膜披風的我們所在位置。

「如果那裡面有卡特莉奴在的話，不也會判讀『宇宙之心』，而預測到我們的行動嗎？」

頭戴針線帽的無名氏在另一個副螢幕上插嘴。

「我想這不可能。如果她已經發現，那應該不會以那樣無防備的方式現身。她好歹也有相當的戰術眼光。要現身的話，先布下完整的包圍網，讓我們無路可逃才是常理。」

確實如此。

就算是娜伊娜姊，在攔擊我和夥伴時也準備「冷血妖精」，以萬全態勢行動。

「那又為什麼會在這個地方現身——」

W教授繼續說了一段長長的話：

「基本上，這裡正是大部隊最好聚集登陸的地點，這點不會錯。因為採取直接在市中心降落的行動，被擊墜的機率會很高。在這樣的情況下，這條海岸線上的峭崖，條件正符合了攔擊點的條件。上面的視野良好，所以能夠搶先一步下手。再者，從那三架Mars Suit的裝備來看，看得出準備了應對MD的幾項特徵——」

後面應該還有一些理由要說，但無名氏打斷了他的說明。

「也就是說，雖然沒有打算和我們交手，但卻出現在這裡，就是因為要準備和拉納格林共和國交戰，這樣的判斷沒錯吧？」

「是的，不愧是弗伯斯。」

我是一點也搞不懂。

接下來，W教授還說明了最近的拉納格林共和國的政治情勢動向，和比爾哥軍的侵略方向及發展型態等，並且又補述了火星的氣候狀況之類的，不過如果預測準確無誤，那麼再聽下去也沒什麼意義。

「問題是第三條路啦！」

與其聽那些合理的說明，我寧願以自己的興趣為優先。

「雖然應該是不至於——」

「迪歐，你真是觀察敏銳呢。正是如此。」

喂喂喂……從剛才就感覺到的不好預感，還有緊迫而來的危險訊號，原來都是這個啊。

「第三條路，就是協助他們去阻止拉納格林的比爾哥部隊登陸。這部分處理好之後，就再回到第一條路——硬闖莉莉娜市，救出人質。」

我啞口無言。

跟我想的一樣。

可是——

到了這個地步，能去協助火星聯邦嗎？

我知道火星聯邦因為提倡完全和平主義，所以處於不利的狀況，但這是他們自找的吧。

我認為要盡早殺掉莉莉娜・匹斯克拉福特才行。

這都是為了火星著想。

「這時候，最好不要考量對方是敵對勢力或是要站在戰略優勢地之類的。」

我對火星聯邦沒有恩怨，但要說幫忙有什麼好處，也說不上來。

「我說啊，這是在開什麼玩笑嗎？為什麼我們要去保護那些人的國家啊？」

我不滿地提問，但這似乎讓W教授感到意外。

「這真不像是迪歐呢，幫助人是不用理由的呀。」

被他這麼理所當然地回嘴，我啞口無言。

不過目前的狀況有樂觀到允許去幫助人嗎？我很想要這麼吐槽一句。

「這條路是觀察了戰況演變而決定的嗎？」

無名氏搶先我一步發話確認。

W教授微笑點頭。

「嗯……我是這麼認為。」

「執行時機又如何判斷？」

「不定時多數決如何？」

「好吧。」

「我也好啊。」

我保留了那句要吐槽的話，答應道。

至少第一條路在我心中已經消失了。

我一開始是認定只有這條路可走，但在拉納格林的比爾哥部隊出現之後，狀況就不一樣了。

我沒辦法跟著那些ＭＤ一起幹掉娜伊娜姊。

我的榮譽心就是不允許我這麼做。

這個狀況下，第二條路的「隔岸觀火」就是最佳選擇了吧。

無名氏肯定也是這麼想。

不過，我們這位年長的Ｗ教授似乎還有不一樣的盤算。

我們照著Ｗ教授的話，移動到海岸的北邊。

他表示那裡是研判戰況發展的特等位置。

不過待在那裡也等同布陣在戰術上重要的左翼上，有種相當危險的味道。

我不禁如此想——

娜伊娜姊真的沒有發現我們嗎？

會不會只是我和無名氏上了Ｗ教授花言巧語的當而已呢？

這樣的疑問在我心中油然而起。

我想起那個老是在騙我的臭老爸。

總覺得那個冒牌神父（麥斯威爾神父）和Ｗ教授哪裡很像。

這兩個人實在是令人大意不得。

幾分鐘後——

發出了索敵反應。

五架拉納格林共和國的大型ＭＤ運輸飛行艇正由東南方接近。

這類型運輸機最多可以搭載十二架比爾哥。

大概是打算以全部六十架的比爾哥展開登陸行動吧。

相較於嚴陣以待的三架Mars Suit——紅心女王、黑桃國王、梅花小丑，有著二十倍的戰力。

正常來說，這將會是場苦戰。

懸崖上的那三架已經離開了原地。

先一步飛到接近中間海岸線的三架大型ＭＤ運輸飛行艇，立即拋下了大量的比爾哥。

娜伊娜姊駕駛的紅心女王突然隻身衝了出去。

似乎並不打算以己方三架Mars Suit拉出聯合戰線。

她直直向前衝。

大膽的攻擊行動。

目的應該是先行攪亂敵人。

由於套著紅色斗篷的紅心女王不會被比爾哥的索敵系統感應到，可以闖進其中，自由地行動。

溫溫吞吞才要防禦的那些比爾哥，就在一瞬間成了大型光束矛錘的靶子。

不過即使是單機而言如此虛弱的比爾哥，一旦編組成集團，其能力就會一下子躍升好幾段。

其新型星球守衛的防禦形態不但會成為銅牆鐵壁，光束步槍的波狀攻擊也能發揮效果。

娜伊娜姊的紅心女王開始遭受高輸出光束步槍的集中砲火猛烈攻擊。

雖說如此，畢竟無法紮實地命中套著具有奈米保護膜的紅色斗篷的紅心女王。

斗篷讓比爾哥的感測器反應產生微妙的誤差，干擾了光束步槍的瞄準。

站在我和夥伴右邊的「白雪公主」裡的W教授，靜靜地說：

「比爾哥最棘手的時候，就是組織行動時，會變成一隻行動專心一意的多頭多肢型巨大怪物……那猛烈的能源中，深藏了陰溼而邪惡的意志。」

聽到這句多頭多肢的巨大怪物，我心中並沒有辦法立刻浮現出形象。

我在心中勉強聯想成是種有一堆眼睛的蜘蛛，或是魷魚、章魚之類的生物。

無論如何，這類型的生物都令我感到棘手。

站在我左邊的舍赫拉查德裡的無名氏說：

「但終究是無人兵器，不會覺悟，也沒有責任心。」

所以才更加棘手呀，我這麼覺得。

我一個人跟那四十架叫作馬格亞那克的ＭＤ對決時，就辛苦得要死。

要打爆次代鋼彈旁邊那僅僅三架的比爾哥，也是件累人的工作。

就算是已經軍心渙散的火星聯邦輕型戰機，一次來一堆，也勢必會是場麻煩的戰役。

不過我只是心中這麼想，並沒有說出口。

跟沒有實際體驗過的人，用講的也是白費工夫。

前輩（希洛）是藉由實戰方式，讓我切身學到這回事。

沒有說明就得被迫親上火線。

這雖然糟糕，但也幸運得以苟活下來。

先前交手的時候也是一樣，娜伊娜姊的紅心女王採取的是直線式行動。

相對的，近二十架的比爾哥則是採取繞行波狀攻擊的行動，斷其退路，並逼迫至攻擊陣式的中心。

但我馬上就了解這是個「誘餌」。

表面看起來比爾哥正在逼迫，但實際上其行動卻是帶著公式，到處都有可乘的破綻。

當比爾哥部隊形成螺旋狀的陣形，將導致自己人互射的結果。

ＭＤ會毫不猶豫地彼此互射。

這就是娜伊娜姊的目的。

轉眼間，就有三架比爾哥爆炸。

「這是場鬧劇。」

Ｗ教授脫口說了個理論：

「不是有個說法，是一度發生的事情再次發生時是場悲劇，第三次發生時則是鬧劇嗎？」

嘴上雖然這麼說，他的臉上並沒有笑容。

他語氣苦澀地繼續說：

「第一次是發生在AC182年，馬爾提克斯・匹斯克拉福特王的山克王國在地球圈統一聯合軍的攻擊下毀滅……第二次發生在AC195年，繼承了完全和平主義的莉莉娜・匹斯克拉福特中興了山克王國，但在OZ的侵略下而舉國投降，國家因此而遭到解散……」

我感到一陣不耐煩。

這跟臭老爸一樣，我可受夠了聽老頭子的陳年往事。

W教授可能是察覺到我這樣的心情，只再補上一句就結束了話題。

「其實第二次時，我本人就在那戰場上。就跟現在一樣，有大批的比爾哥部隊從海岸線推進。」

「哼，所以說，這是第三次因為和平主義而滅國是吧？」

「呵……真是讓人笑不出來的鬧劇呢。」

和平的國家由於火星聯邦政府第二任總統莉莉娜・匹斯克拉福特而毀滅。

是愚蠢的國民做出了如此愚蠢的選擇。

沒有必要同情。

W教授冷冷地回應：

「如何？要就此『決定』嗎？」

這項提議我贊成，但無名氏似乎還難以下決定。

「不，還早……先觀察其他兩架Mars Suit的行動再判斷吧。」

在奮戰的娜伊娜姊之後，有一架機體以身上長長的紅色圍巾畫出了一條火紅的軌跡。

是Mars Suit「梅花小丑」。

其手上的光束斧鉞，因前端的槍型光束劍和斧型電熱斧而具有無比的破壞力。

是種可直刺也可揮砍攻擊的武器。

不過那種類型的武器跟我夥伴所拿的光束鐮刀一樣，非常難以運用。

如果不機巧靈動地運動，很容易就被近身攻擊。

可是梅花小丑壓制住了比爾哥。

看到對方充分發揮如此機動力，我認為駕駛員應該是溫拿家的小姐，但是W教授和無名氏並不同意。

無名氏表示，卡特莉奴會更加縝密而細膩，而W教授則篤定認為那樣豪邁的打法，是出自娜伊娜姊的雙胞胎弟弟米爾．匹斯克拉福特。

即然是這兩位比我更了解溫拿家小姐的人所說，那應該不會錯了。

我覺得意外的是，米爾．匹斯克拉福特運用的戰法與張老師相似。

行動與動行之間的呼吸，進退的時機都一模一樣。

這不免令人懷疑是不是用了描繪記憶，但仔細想想後就知道不可能。

預防者頂級駕駛者的技術，不可能那麼輕易就模仿起來。

梅花小丑不但果敢攻擊，還不時轉去掩護紅心女王。

同時做到了看似無謀的猛攻，和觀察整個戰局的防禦舉動。

照顧如此周到的戰法，的確不是只顧自己的張老師做得到的。

並且，溫拿家小姐也不可能做到那樣的合作行動。

那個寡言又彈奏著連綿不協調音的米爾果然是個怪人。

在梅花小丑和紅心女王的合作攻擊下，新型星球守衛的數量逐漸減少，比爾哥的總數也從六十架變成五十架，戰力隨之降低。

但明眼人都知道，就算是這樣，要和二十五倍於己方的對手交戰，狀況將會逐漸不利。

溫拿家小姐駕駛的黑桃國王開始拿起手上的武器——光束長矛，邊迴轉邊向前突擊。

其採用的是以蠻力猛烈壓迫的戰法。

我心想這哪裡是縝密而細膩的攻擊，但仔細再看，其攻擊目標既正確，防禦也是滴水不漏，每一步行動都完美精準，毫不拖泥帶水。

黑桃國王劈頭砍倒了新型星球守衛的防禦效果較弱的最後方比爾哥，再順勢將聚在前方的三架掃倒。

真是個身手矯捷的小姐呢。

我先前曾經與之交手過兩次。

在操控馬格亞那克的ＭＤ時，是以高超的戰術玩弄我和前輩(希洛)。而以普羅米修斯交手時，是不顧一切地擊發格林機槍。

但現在則是在肉搏戰中，以令人難以捉摸的速度接連打倒比爾哥。

給人的印象，就是她可以在當下的戰場立刻選擇最合適的戰法。

不，說是依照機體搭配技術運用會比較正確。

那是我所學不來的。

另外，黑桃國王還採取了將比爾哥集團推往特定地點的戰法。

以俯瞰方式觀察，她是以逆時針方式環繞、擾亂，並逐漸往北北西方靠近。

北北西方——海岸的北端。

也就是，她的攻擊是將敵人引導至旁觀的我們的方向來。

我在心中咋舌一聲。

怎麼好像就要這麼走上第三條路了啊？

就在我心中如此作想的時候——

比爾哥更換了攻擊方式。

它們將原本分散的目標聚焦在單一對象，就集中在位於後方的黑桃國王上。

「卡特莉奴真是……支援過頭了。」

無名氏這麼低喃。

「那樣的戰法，吃虧的就只有自己而已。」

「嗯，敵方的攻擊模式已經轉為先牽制國王，再個個擊破了。」

「而且她所選擇的是輔助米爾的位置。」

不知是不是我多心，無名氏的語氣聽起來像是在生氣。

紅心女王所處的位置太過突出。

梅花小丑孤立在正中間。

而黑桃國王像是在從後方支援前方二者。

比爾哥集團則是不斷以解散再集合的方式整理態勢，布陣成以反擊方式個個擊破三架Mars Suit的陣形；這點連我都看得出來。

無名氏以少見的急促口吻說：

「教授，來多數決投票吧。」

哎呀哎呀，原來如此。

所以我從一開始就被騙了。

居然沒有馬上發現會這樣，真是丟臉啊。

不管是這個無名氏還是在裝傻的W教授，想必是從一開始就這麼打算了。

多數決根本沒有意義嘛。

要選的路，始終都只有一條而已。

「喔，那太麻煩了啦！發生第三次的鬧劇不是嗎？那就快點去結束掉吧！」

我大聲叫道。

這種讓人笑不出來的鬧劇，我可不想看。

「我要去幫娜伊娜姊！其他就交給你們了！」

就在我和夥伴正要衝出去時，無名氏和舍赫拉查德卻比我們先一步動作。

「剩下四十二架……一個人要分七架。」

無名氏的臉出現在副營幕的畫面上。

「輕而易舉對吧，芬里爾？」

他雖然是個許多地方都令人討厭的傢伙，但用「芬里爾」稱呼我，倒是覺得挺開心的。

「好！幹掉它們！」

我將夥伴的黑色披風向旁邊一甩，兩隻手拿出了光束鐮刀。

「閃開閃開，『披著惡魔皮的狼』要通過啦！」

既然如此，那就豁出去吧。

我和夥伴以截擊之勢，衝向比爾哥部隊。

臭老爸總是告訴我，不可以這樣子運用魔法師。

但是我要怎麼使用我的夥伴，是我的事。

比爾哥的新型星球守衛，防禦體制已然瓦解。

問題就在於反覆解散再集合的行動，產生了可乘之機。

在娜伊娜姊他們執拗地攻擊下，電磁動力已經變弱。

讓我可以輕鬆地動刀揮砍，將比爾哥機體一刀兩斷。

一旦讓我闖入比爾哥集團之中，就操之在我了。

接下來就是砍砍砍，盡情放肆地砍，一口氣做個了結。

『迪歐，你是來幫忙的嗎？』

通信機具傳來了娜伊娜姊以機密頻道通訊的聲音。

會使用這個頻道，不就表示我們的對話也已經完全洩露出去了嗎？

算了，現在不是在意這個的時候。

紅心女王正靈巧運用著那粗大的光束矛錘，在夥伴的身旁作戰。

「我看不下去了啊！」

我說道。

「你們到底要跟這些垃圾耗到什麼時候啊？」

『呵呵，謝謝啦。』

舍赫拉查德則是接二連三地肢解了在黑桃國王身邊的比爾哥。

從我這邊，只看得到葉門雙刃彎刀的光束軌跡而已。

『特洛瓦·弗伯斯，我可不會感謝你。』

溫拿家小姐的聲音，一樣從機密的通訊頻道傳了出來。

『不用擔心……我根本不期待。』

無名氏語氣不帶情感地說：

『然後，我不叫特洛瓦·弗伯斯。』

紅心女王和魔法師正運用著手中光束矛錘和光束鐮刀各自的特性攻擊敵機。

攻擊由直線和弧形交織組成。

雖然攻擊動線是與梅花小丑所拿的光束斧鉞相同，但就因為無法同時做到兩種攻擊動線，反而我們的破壞效率還高得多。

比爾哥的數量已經減少了大約一半。

新型星球守衛已經被全數摧毀。

我打倒了四架，而娜伊娜姊則是打倒了三架。

無名氏和溫拿家小姐，還有米爾·匹斯克拉福特想必也打倒了差不多的數量。

這時候，傳來了W教授的聲音。

『「白雪公主」報告。請各位離開海上……我將發射「七個小矮人」的白箭。』

套著白色披風的白雪公主，準備在北端海岸發射白天時對我和夥伴使用的箭。

我們便聽從他的話，離開比爾哥集團，往海岸移動。

『射擊預備……』

白雪公主站穩腳步，放好了重心。

『開始上箭……』

接著就把一支箭架上弓。

米爾的小丑和溫拿家小姐的國王還沒到達海岸，但W教授似乎不打算等下去。

『開弓……』

他將箭往後一拉。

已經選定狙擊位置了。

『滿弓……』

小丑和國王總算站上沙地，遠離海岸。

『射出！』

白雪公主射出了一支白色的箭。

箭化成了刺眼的閃光，飛向比爾哥集團。

白色的閃光在途中變成了無數純白色小鴿子，大範圍地擴展開來，落向海面。

這讓漆黑的海面染成白色。

爆發出一陣驚人的光芒。

激烈的電流成了反向的電光，從海面射向空中。

那是強烈的電漿放電現象。

剩下的二十多架比爾哥遭此攻擊，均瞬間陷入停止運作狀態。

W教授之前竟想要對我用如此可怕的玩意兒。

這令我感到有點毛骨悚然。

果然是個危險人物。

那可不只是火藥味那麼簡單。

算是接近硝酸或是硝化甘油之類的炸彈了吧。

分出勝負了。

雖說擁有那樣的武器，那一開始就使用不就好了？但或許就像是我自己也常做的，會故意留住王牌的手法吧。

「不是喔。」

W教授在副螢幕上笑道：

「我並沒有打算把白箭當作王牌來使用。」

看來是我的表情露了餡。

「白箭具有『雷電』的特性，其電磁場與比爾哥的新型星球守衛相似，在有著電磁力場的環境時，會因為電呈現飽和狀態而無法呈現效果。」

所以才在等我們把新型星球守衛擊毀啊。

我是屬於會想要輕鬆獲勝的人，這個W教授看來也是這種類型的人。

不，以「有效率」來形容比較正確吧。

以後用字遣詞應該要好好選擇了。面對危險人物，還是小心為上。

這時候，我監聽到米爾．匹斯克拉福特傳給溫拿家小姐的通訊訊息。

『卡特莉奴……撤退的拉納格林共和國ＭＤ運輸飛行艇要與妳通訊。』

『和我通訊？』

『我轉給妳。』

『最近好嗎，卡特莉奴？』

我豎起了耳朵，仔細監聽。

『自從聖米涅娃學園之後呢。』

說話的似乎是位年輕女子。

『史特菈？是史特菈嗎？』

這似乎讓溫拿家小姐的內心相當動搖。

『呵呵呵……妳的朋友好像多了不少呢。真令人羨慕。』

另一邊的年輕女子，聲音給人相當高傲的感覺。

『為什麼妳會在拉納格林？』

『今天就到此先走一步，下次可不會手下留情囉。』

通訊就此結束。

我不知道名叫史特菈的女子跟溫拿家小姐有什麼關係，但會特地直接與敵方通訊，想必是有著不尋常的恩怨吧。我心中如此猜想。

另外，比爾哥集團的戰法像是基於某種意志，或許就是剛才那位史特菈在操作MD的系統也說不定。

我一度想要把這件事告訴溫拿家的小姐。

不過現在可不是「攀交情」的時候。

所以我就跟W教授說：

「這樣終於可以三對三對決了！就開始走第一條路吧！」

W教授笑容依舊地回道：

「不，我們就到此為止。」

我並不懂他話中的意思。

W教授換成了外部揚聲器，對著娜伊娜姊他們的Mars Suit大聲發言：

『我們會放下武器投降。』

「等等……為什麼啊！」

我慌張了起來。

不，只有我在慌張。

副螢幕上顯示的無名氏，正一副理所當然的模樣。

「冷靜點。」

別理我。我怎麼冷靜得下來。

「這是策略。要是不前往莉莉娜市，我們就無法救出凱瑟琳小姐和T博士、希洛．唯他們了。」

「是沒錯……」

「說不定還能和莉莉娜．匹斯克拉福特見面。」

「可是，一旦被逮住，不就難以暗殺了嗎？」

「……是嗎？」

無名氏露出了如果是他，就綽綽有餘的表情。

「…………」

無名氏和W教授完全是一國的。

不，仔細想想，在場的這些人裡面，除了娜伊娜姊之外，都是些我不是很清楚的傢伙。

說不定是所有人串通好來騙我也說不定。

『收到。我們同意你們投降。』

紅心女王的外部揚聲器傳出了娜伊娜姊的聲音。

『迪歐！你終於下定決心了呀！』

別開玩笑了。

我可還沒服氣呢。

我心中瞬間閃過單獨趁夜脫逃的想法，但最後還是放棄了。

我覺得現在還不是硬來的時候。

我辮子的髮梢套了一條褐色的髮圈。

四年前的耶誕節，娜伊娜姊把這個當作禮物送給了我。

『我很喜歡你呢。』

「哦？那我們還挺合得來的嘛……」

我心想，一定要在嘴上討個便宜。

「我也很喜歡我自己呢！」

沒辦法，我只好同意成為俘虜。

幾個小時後，我們套著簡單的手銬，被帶上氣墊運輸艇，移送到莉莉娜市。

原來如此，這點程度的手銬是可以輕易拆掉。

剩下的，就是時機和補充武器了。

在被遣送的路上，我又感到肚子餓了。

話說回來，我下午吃的是什麼肉啊？

我向無名氏問起：

「喂，之前那個肉是什麼肉？」

「火星鸚鵡螺。」

「咦？鸚……鸚鵡螺？」

「據說那是幾年前以改良基因方式創造而成，後來就在烏托邦海棲息繁殖了起來，詳情我也不是很清楚……」

地球上應該還留有化石。

我想那是種古代生物，現在已經絕種，但我也不是很清楚。

記得以前不知道在哪裡看過一幅從螺旋貝殼裡面，長有一堆像是魷魚觸手的詭異圖畫。

據說體積很大，差不多有兩公尺大。

話又說回來，這種東西正在火星繁衍，真是令人驚訝。

難道遠古時代的地球海洋和現代的火星海洋很像嗎？

「那種東西，吃了沒問題嗎？」

「誰知道……」

人類——不，活在這個世上的所有生物，都以「吃東西」的行為奪取其他生物的生命。

如果人有靈魂，那鳥、豬、牛也應該有靈魂。

而鸚鵡螺也會有。

但既然是給狼吃的，就該是小豬或小山羊啊。就算退一百步來說，至少也要是可愛的小紅帽才對。

可是……

我感到自己有了多餘的身外之累，使得飢餓感瞬間煙消雲散。

黎明時刻，我們抵達了莉莉娜市。

我們三人和娜伊娜姊他們一起被帶往總統官邸。

在長廊深處的房間內，有間總統辦公室。

其中散發出烤得香噴噴的培根香味。

我肚子的迴蟲很現實地開始咕嚕嚕叫了起來。

門的另一側，T博士和凱瑟琳優雅地用著早餐。

純白的桌巾上，放有培根蛋和一大盤的青菜沙拉，一邊的小碟子上則是放了剛烤好的牛角麵包。

琥珀色清透的洋蔥湯則在其旁邊。

銀製的食器光輝奪目。

放在正中間的籃子中，堆滿了麝香葡萄、蘋果、香蕉等水果，令人驚訝。

T博士放下食器，拿起餐巾輕輕擦拭嘴巴後，開口說：

「真慢呢……」

W教授面不改色地回答：

「哎呀，讓你們久等了。」

凱瑟琳笑道：

「弗伯斯，香蕉是為了你而摘的喔。」

無名氏勉強擠出莫名的笑容。

「呃……嗯……」

這裡沒有前輩（希洛）的身影。

娜伊娜姊、溫拿家小姐和米爾・匹斯克拉福特在我們面前吃起已準備好的早餐菜餚。

我想要抱怨個幾句。

W教授卻搶先我一步開口：

「請莊重一點，我們可是俘虜呢。」

看來我的表情又露了餡。

可是，真的沒有為可憐的俘虜準備早餐嗎？

怎麼可以這樣不公平！

而且——

「博士跟凱瑟琳他們，難道不是俘虜嗎？」

「沒錯……」

T博士將一小塊牛角麵包放到口中。

「我們是客人。」

似乎非常好吃的樣子。

就算是將牛角麵包切塊時剝落的一小片麵包皮也好，我好想要吃啊。

「客人？為什麼是客人啊？」

「因為跟國賓希洛在一起啊。」

T博士的視線轉向了內側的辦公桌去。

微弱的朝陽從大窗戶外透了進來。

放在窗邊的樸實辦公桌旁，有張背朝這邊的旋轉椅。

椅子一轉過來，坐在上面的正是戴著黑色虛擬眼鏡的希洛・唯。那副眼鏡就跟北極冠基地中，臭老爸所拿的是一樣的種類。

前輩脫下眼鏡後，冷冷地說：

「結束了，莉莉娜……」

火星聯邦第二代總統——莉莉娜・匹斯克拉福特和助理露克蕾琪亞・諾茵從隔壁房間走了出來。

兩人似乎已經用完餐，手上拿著倒有紅茶的藍花紋杯子。

從杯子內飄出了我過去從未聞過的優雅香氣。

莉莉娜總統向希洛・唯遞出茶杯，並說道：

「這份『匹斯克拉福特檔案』，你覺得如何？」

「…………」

前輩什麼也沒有說。

也沒有喝紅茶。

我們人就在這裡，但氣氛的感覺就像是不存在一樣。

這可不是什麼疏離感那麼簡單而已。

那兩個人給人的感覺，就像是完全沒看到我們似的。

「我應該看嗎？」

在這裡的莉莉娜不是總統，而是個少女。

我的眼光看來，只有這種感覺。

莉莉娜小小地嘆了一口氣。

以前娜伊娜姊也常那樣子嘆氣。

「這真的讓我很猶豫……」

她閉上眼睛，垂下了那纖細的肩膀。

「如果是以前的妳，應該不會猶豫吧……」

紅茶的水面微微蕩了一下。

前輩的手上握了一把手槍。

他將槍口緩緩朝向莉莉娜的眉心，靜靜地說：

「看完之後，我就會殺了妳……」

莉莉娜深吸了口氣，張開那美麗清澈的藍色眼眸，然後開口：

「好的……」

看來已經不再猶豫了。

莉莉娜將那黑色的虛擬眼鏡戴到了頭上——

《第八集待續》

後記

我覺得五飛這個角色很難詮釋，絕對不能隨便描寫。他跟其他的成員不同，之所以出場機會不多，或許就是因為我有這般覺得棘手的想法阻擋在其中吧。真是對不起。不過，每當五飛一出場，整個舞台就必然會光彩璀璨起來，所以也敬請大家期待他今後的表現。

由石野龍三先生飾演的五飛，其叫喊聲中總帶了一種哀愁感。而在那睿智的話語深處，還能令人感受到其中熾熱沸騰的心。這倒不是我們製作團隊要刻意呈現，而是飾演角色的他，以獨特的演技自行創作而成。搞不好五飛就是直接呈現了石野先生的人格特質也說不定呢。

在錄音工作的休息時間，石野先生曾經害羞地對我們說，他親手製作過鋼彈模型（當然，不用說，就是神龍鋼彈）。他最後補充說：「可能會讓人覺得，都長這麼大了，怎麼還會玩這種東西也說不定呢。」這實在是太可愛了，也讓人感到他是真的很愛這部作品呢。我總有一種，這與深愛著自己的機體，又絕不會將這樣的心思告訴別人的五飛相契合。這令我開始想到，如果以後有機會，我還想要和石野先生再聚一聚，接觸那耿直又沉靜的人格特質，藉此重新確認以不同角度呈現的五飛樣貌。其餘的話，就留到第八集的後記再說吧。

隅沢克之

新機動戰記鋼彈W
冰結的淚滴

7 寂寥的狂想曲（上）

作者　隅沢克之
插畫　あさぎ桜（角色繪製）
MORUGA（機械繪製）
機械設定　KATOKI HAJIME
石垣純哉
原案　矢立肇・富野由悠季
協力　中島幸治（SUNRISE）
高橋哲子（SUNRISE）
宣傳協力　BANDAI HOBBY事業部
顧問　富岡秀行
日版裝訂　KATOKI HAJIME
日版內文設計　土井敦史（天華堂noPolicy）
日版編輯　角川書店
石脇剛
亀山篤史
財前智広
長嶋康枝
松本美浪

Kadokawa Light Novels

機動戰士鋼彈UC（UNICORN） 1~10（完）

作者：福井晴敏　插畫：安彥良和、虎哉孝征

在可能性的地平線彼端，衝擊性的發展——
嶄新的宇宙世紀神話，在此堂堂完結！

受「獨角獸鋼彈」導引的漫長旅途終於走到盡頭，巴納吉和米妮瓦總算到達「拉普拉斯之盒」所在地。他們意圖將真相傳達給大眾，然而假面之王弗爾・伏朗托再度阻擋在他們面前。如今，圍繞「盒子」的一切恩怨糾葛，即將面臨清算的時刻……

各 NT$180~200/HK$50~55

台湾角川

Kadokawa Light Novels

驚爆危機ANOTHER 1~3 待續

作者：大黑尚人　插畫：四季童子

電光石火般的SF軍事動作小說，現在全力加速！

市之瀨達哉操縱著〈Blaze Raven〉擊退了來犯的恐怖分子。目睹到他身為AS操縱者的優異才能，雅德莉娜心中百感交集。而無視兩人之間的不安氣氛，以前曾在工作時吃過達哉苦頭的阿拉伯王子——約瑟夫竟出乎意料地來襲，向達哉發出決鬥宣言！

各NT$180/HK$50

Kadokawa Light Novels

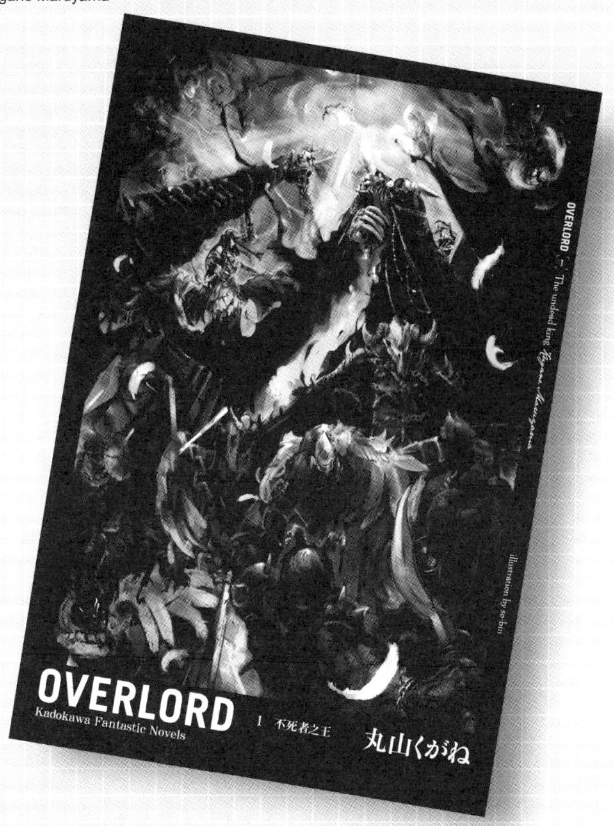

OVERLORD 1 待續

作者：丸山くがね　插畫：so-bin

大受歡迎的網路小說書籍化！
熱愛遊戲的青年化身最強骷髏大法師！

網路遊戲「YGGDRASIL」即將停止服務──但是不知為何，它成了即使過了結束時間，玩家角色依然不會登出的遊戲。其中的NPC甚至擁有自己的思想。和公會根據地一起穿越的最強魔法師「飛鼠」率領公會，展開前所未有的奇幻傳說！

台湾角川

NT$260/HK$75

國家圖書館出版品預行編目 (CIP) 資料

新機動戰記鋼彈W冰結的淚滴. 7, 寂寥的狂想曲
/ 隅沢克之作 ; 王中龍譯.
-- 初版. -- 臺北市 :
臺灣角川, 2014.01- 冊 ; 公分
譯自 : 新機動戦記ガンダムW フローズン・ティアドロップ. 7, 寂寥の狂詩曲

ISBN 978-986-325-760-8(上冊 : 平裝)

861.57 102024785

Kadokawa
Fantastic
Novels

新機動戰記鋼彈W 冰結的淚滴 7
寂寥的狂想曲（上）

（原著名：新機動戦記ガンダムW フローズン・ティアドロップ７ 寂寥の狂詩曲（上））

2023年6月28日　二版第1刷發行

作　者：隅沢克之
插　畫：あさぎ桜、ＫＡＴＯＫＩ　ＨＡＪＩＭＥ
原　案：矢立肇・富野由悠季
譯　者：王中龍

發行人：岩崎剛人
總編輯：蔡佩芬
主　編：林秀儒
美術設計：黃永漢
印　務：李明修（主任）、張加恩（主任）、張凱棋

發行所：台灣角川股份有限公司
地　址：104台北市中山區松江路223號3樓
電　話：（02）2515-3000
傳　真：（02）2515-0033
網　址：www.kadokawa.com.tw
劃撥帳戶：台灣角川股份有限公司
劃撥帳號：19487412
法律顧問：有澤法律事務所
製　版：巨茂科技印刷有限公司
ＩＳＢＮ：978-986-325-760-8